欲采蘋花不自由

骆玉明 著

海峡出版发行集团 THE STRAITS PUBLISHING & DISTRIBUTING GROUP | 鹭江出版社 LUJIANG PUBLISHING HOUSE

2017年·厦门

图书在版编目（CIP）数据

欲采蘋花不自由 / 骆玉明著 .—厦门：鹭江出版社，2017.9
ISBN 978-7-5459-1372-9

Ⅰ. ①欲… Ⅱ. ①骆… Ⅲ. ①古典诗歌－诗歌欣赏－中国－明代 Ⅳ. ① I207.22

中国版本图书馆 CIP 数据核字（2017）第 143413 号

YU CAI PINHUA BU ZIYOU
欲采蘋花不自由
骆玉明 著

出版发行：海峡出版发行集团
鹭 江 出 版 社
地　　址：厦门市湖明路 22 号　**邮政编码**：361004
印　　刷：北京市十月印刷有限公司
地　　址：北京市通州区马驹桥北门口
民族工业园 9 号　**邮政编码**：101102
开　　本：787mm × 1092mm　1/32
插　　页：4
印　　张：8
字　　数：139 千字
版　　次：2017 年 9 月第 1 版　2017 年 9 月第 1 次印刷
书　　号：ISBN 978-7-5459-1372-9
定　　价：45.00 元

唐寅　葑田行犊图

唐寅　山路松声图

唐寅　震泽烟树图

文徵明　漪兰竹石图

文徵明　湘君湘夫人图

文徵明　万壑争流图

徐渭　驴背吟诗图

徐渭　蟹鱼图

自 序

旧作往事

如果没有梁由之兄的坚持，这一套小书是不会编印出来的。这三种书都是写成于二十世纪八十年代末九十年代初，每一种都印过多次，年代久了，再印感觉意思不大。讲老庄的一种，因为有许多新的想法，倒是值得重写一遍，但这几年家中多事、日子辛苦，又顾不上。但由之对我写的东西有一种过度的错爱，做事的态度也比我坚决，于是只能从命了。“骆氏三书”的名目也是由之所拟。听起来有点托大，逻辑上却没有问题：鄙姓骆，书是三种。

就习性来说，我只喜欢读书，不喜欢写书。所以写成的书，大抵皆有人情的缘故。

《纵放悲歌》原来是香港中华书局所出《诗词坊》丛书的

一种，主编是金性尧先生。我跟金先生不相识，是赵昌平兄把我引荐给他。有一次特意拜访了金先生，想请教关于书稿写作的要求，但金先生好像很放心的样子，没有说几句，然后随意聊一会儿天。我见壁上悬有梁启超所书对联，问起金先生对书画的爱好，知道他原本收藏颇多，“文革”中被抄没，有许多已经无法追回。听说过金先生因为知道一些蓝苹在上海的情形且偶有谈论，因此遭到迫害，情形惨厉，但金先生并不愿说这些事情。他身形小而消瘦，说话谨慎，想象不出旧日洒脱飞扬之态。

书稿已交之后，跟金先生不再有具体事务的往来。我不知为什么缘故写信给他，连带说及自己心情沮丧，不愿做事，金先生特意回信，说中国的国情复杂，很多变化不可预料，还是要努力振作。其实我本是无意的牢骚，金先生却认真了。我想起他遭折磨而形成的谨慎性格，因此很感激他。

二〇〇七年，金性尧先生在上海去世，时年九十一岁，也算是高寿。

《闻道长安似弈棋》曾以《中国历史上的大阴谋》为名出版过，是上海文艺出版社所出《五角丛书》的一种，后来由台湾远流印行。《五角丛书》曾经风靡一时，动辄印数十万以上。丛书主编是何承伟，但后期具体事务主要是副主编戴俊在操持。当时章培恒先生算是丛书的顾问，我亦列名编委，于是戴俊便借机索稿，于是有了章先生主编的《中国禁书大观》和我写的这本书。这本书在我来说有一点特别的地方，是因为我对戴俊夸口说一个月可以写完，于是赶得特别紧。全书是一遍成稿的，仅在稿纸上略作删改，没有誊写过。读起来文句很流畅，算是由此带来的好处吧。现在写东西很慢，常常会想起当年也曾精力旺盛，信笔纵横，自以为豪爽的样子。

说到精力旺盛、性情豪爽，其实是戴俊的特点。他当过兵，个子不高，身材敦实，对人厚道而好恶分明。有时说到自己得意的计划，便神情欢愉，眉飞色舞；说到人间不平事，则慷慨激昂，痛心疾首。戴俊比我小不了几岁，但感觉上好像他比我晚一辈似的。

那一段时期，复旦这边和章培恒先生亲近的一些学生，如我、贺圣遂、谈蓓芳，与上海文艺出版社的金子信、戴俊、陈征几位来往颇多，也常在一起喝酒。有一次在静安宾馆十数人全都喝醉了，没有人管得了，只好各自想办法回家。后来金子信说起他骑自行车摔倒在半途，脑袋上砸了一个破洞。

金子信和章先生先后去世。最为震惊的，还是在二〇一一年听到戴俊去世的消息。因为感觉中他年轻而健壮，富于生命力。

香港中华书局在编印了《小说轩》《诗词坊》之后，又请人编《智慧殿》；主编是不是葛兆光我弄不清楚了，反正我那本《老庄随谈》是他约的。这本书现在看来有许多不满意之处，但有些读者很喜欢它。

我跟葛兆光有长年的交情。十多年前，兆光在清华任职，住蓝旗营（他楼上是秦晖）。那时我与孙伟红结婚未久，我们在北大 20 楼有一间小房子。那是所谓“筒子楼”，厨房、厕所在外面，房间也非常简陋。蓝旗营离北大很近，有一次我们去兆光家做客。其实他的房子装修得很简单，但是宽大亮畅，跟筒子楼当然不可同日而语，孙伟红看着眼神发亮，羡慕得冒傻气。葛兆光笑起来，说“我这也是熬出来的”。当时孙伟红在北大法语系任教，资历还浅。

兆光、戴燕夫妇请我们吃饭。后来孙伟红说咱们也要回请一次，并说她要自己做法国菜请客。这顿饭欠在那里很久，然后孙伟红生了几年病，离世远去。

三本小书写作的念头，都写过说明，好不好则要由读者来评判，合起来要写个序，不知道说什么好。看着书，想起来的是一些故人往事，随手写下来。或者，这也是跟读者的一种情感交流吧。

写这几本书的时候，也就是所谓“上世纪”八九十年代，我们曾经有过梦想，有过欢愉，也有过悲哀。渐渐看着岁月流去，亲友凋零，难免有无常之叹。但上课时我也说过，像王维的诗，像《红楼梦》，在说人生无常的时候，也说无常是美。因此我们对此人世，仍有长长的眷怀。

注："骆氏三书"，即曾出版过的《纵放悲歌》《老庄哲学随谈》《中国历史上的大阴谋》，现分别更名为《欲采蘋花不自由》《长得逍遥自在心》《闻道长安似弈棋》，作此说明。

目录

文徵明：满头尘土说功名

徐渭：不觉悲歌崩白云

总论

明中叶江南才士

本书谈论的对象为明中叶江南才士诗，这是从时代、地域、人群三方面划出的一个范围。不过，明中叶的江南地区，究竟出现了什么情况？所谓“才士”，又是何等样人呢？却须在欣赏他们的诗之前，先行加以探讨。

明中叶的江南城市，工商业之发达，经济、文化之繁荣，远远超过了以往的时代，及同时代其他地区。唐寅有《阊门即事》诗，写苏州阊门景象，那是非常热闹：

世间乐土是吴中，中有阊门更擅雄。翠袖三千楼上下，黄金百万水西东。五更市买何曾绝，四远方言总不同。若使画师描作画，画师应道画难工。

工商业发展起来以后，许多变化就跟着来了。本来，中国是一个以官僚为中心的等级社会。但是，商人聚集财富，往往比做官还要快，发了财，就难免摆阔气、撑门面，弄得派头比官老爷还要大。而且，金钱还直接侵蚀了国家的权力。像《金瓶梅》里所写的西门庆，就是个大商人，他凭着万贯家财，从县衙门直打到太师府，一些低级官吏简直成了他的奴仆。这样，贵贱之分，难免有些混淆，井然有序的社会结构，也被搞得混乱起来。

金钱大量集中在城市里，就要有花钱的场所。于是，商铺、妓院、赌场、酒楼、茶肆，纷纷建立，流光溢彩，在这里煽起奢靡放纵的风气。当然不会只是有钱的商人在这里享受，官员、士绅乃至普通的市民，同样受到奢靡风气的浸染。这样，又造成对传统思想的破坏。

中国素称“礼义之邦”。讲究礼义当然不错，但须知礼义并不是抽象的东西。在旧礼义中，包含着这样一些重要内容：一是教人服从，服从社会的思想权威，服从国家的政治权威，以及女子服从男性，小辈服从长辈；二是教人以安于贫困，切不可贪图富贵，追求享乐；三是教人把道德教条看得比性命还要高。特别是宋代的程朱理学，把这一套发展到极端。程颐说，女子“饿死事小，失节事大”；朱熹说，要“存天理，灭人欲”。

明代立国以后，就以程朱理学作为社会的统治思想。

其实，追求生命欲望的满足，追求个人的自由发展，原本是人类社会中最根本、最活跃的动力。制定这样的“礼义”，其实质就是为了抑制人的欲望，抹杀个人的价值，防止因为利益竞争而产生动荡，以便维护社会统治秩序。至于统治集团本身，嘴上说的，自己并不照着做。这样，道德就变成虚伪的东西，人性在虚伪道德的压迫下，呈现扭曲的状态。而随着城市商品经济的不断发展，人们对物质的追求日益增长，必然对陈旧的道德教条提出疑问：为什么与生俱来的情欲、物欲成了莫大罪过？为什么个人没有自己的思想权利乃至生活权利？为什么可以做的事情不可以说？

这些怀疑在一般民众中还只是直觉，在知识阶层中就成为理论的推究，由此形成新的社会思潮。这种新思潮的代表，起初是明中叶兴起于浙江，后来蔓延到全国的王阳明的“心学”，特别是王学的激进派如王畿等人的学说；到了明代晚期，再由充满异端色彩的李贽推向最高潮，后来随着李贽的被害而走向低落。其基本的内容，就是要求承认个人的尊严，尊重人的情感，肯定人的欲望，推倒禁锢人性的假道学。如果放到世界范围来看，明中后期正是西洋的文艺复兴时代，这种新思潮同文艺复兴确实有若干相似的地方。

明中叶时，江南城市在全国来说，经济最发达，思想最活跃，文学艺术也最早表现出新的趋势。其主要代表，就是人们通常称之为“才士”或“才子”的一批文士，最有名的是苏州的祝允明（号枝山）、唐寅（字伯虎）、文徵明（号衡山），以及绍兴的徐渭（字文长）。前三人是同时代的，又是好友，活动的时间略早，徐渭则是在他们死后才开始自己的文艺生涯。徐渭之后，就是晚明文学的兴起了。他们四人的诗，就是本书的主要谈论对象。当然，所谓“江南才士”不止于这几位，但笔者希望稍微集中讨论，以呈现出各人的基本面貌。

说起这几位文士，人们很容易想起许多传说故事，诸如祝枝山题对联、唐伯虎点秋香、徐文长断案之类，都是很有趣的。但那是民间的创作，故事中的人物同真实的历史人物，并不是一回事。只是，老百姓把他们编到自己的故事里，改造成自己喜欢的模样，却又同他们本来的个性、行为有关系。后文在需要和方便的时候，将会谈到两者之间的关系。

这一群江南才士，具有什么样的共同点，可以构成一个群体呢？

首先，当然是因为他们都很有才华。这几位不仅是著名的文学家，而且在其他领域都有出色的成就。祝、文、徐都是书法名家；唐、徐是绘画史上开一代风气的人物；徐渭的戏曲，代表了明代戏曲史的重大转折，祝允明对此也相当有造诣。

他们的成就，不仅出于天赋，也出于思想的敏锐。祝允明跟王阳明（守仁）是同时代人，他并没有直接受到王学的影响，却是明代最早公开反对程朱理学的人物之一。他的《祝子罪知录》，具有明显的异端倾向。徐渭与王学激进派王畿有密切交往，他的许多文章，对旧的道德传统展开了有力抨击。唐寅、文徵明虽不曾写下专门的论著，却有共同的思想倾向。他们在社会发生深刻变化的时代，首先参与了这一过程，是时代的先行者。文学艺术正反映着他们对新的人生的追求。

特立杰出之士，常不能为俗世庸众所容。这四人在政治上都是不顺利的。祝允明、文徵明晚年做过短时期的小官，均因不能适应而退出了，其余二人则未入仕途。由于人生道路的蹭蹬不平，亦由于思想、性格的不合，他们常常与周围环境发生冲突。文徵明的为人比较温和，但也只是不外露而已，祝、唐、徐三人，均是狂傲不羁之士。他们以强烈的个性精神，与社会势力对抗，追求自由的生活，甚至有意蔑视社会生活的规范。因此，以常人的眼光看来，他们都有些畸形变态。例如，徐渭临终前给自己编的年谱，就叫作《畸谱》。

然而，在明中叶社会新思潮兴起的同时，旧势力仍然非常强大。愈是个性特异、才华出众的人，愈容易感受到环境的压迫，好像处处是墙，生命总不能自由舒展。而且，整个明代，包括最激进的李贽在内，也没有出现从根本上否定旧制度、提出全新的社会设想的思想家，没有人看到完全不同于现状的前景。因而，不但社会中存在新旧的对立，先行者个人的灵魂里，也存在这样的对立。他们好像蚕蛹已经蜕化成蛾子，却面对结得过于厚实、无法咬破的蚕茧，兴奋、焦躁，而又绝望。由此，悲哀之情，自然由心而生，并涌发为文艺层面上的波澜。

回到本书的主题：纵放与悲哀之歌。“纵放”是诗人自傲自负的性格和自由精神的显现，“悲哀”则是在社会的压抑和自我的矛盾中怅惘失路的产物。当然，这两者并不能包括他们诗歌的全部，在以后的各篇中，也将谈及更广泛的内容，不会受到主题的限制。但是，可以说这是一个显著的特征，因而也是恰当的谈论中心。

祝允明：万事遗来剩得狂

中国月亮照外国

祝允明的《关山月》是一首用乐府古题写作的诗，初读起来，好像面目陈旧，细细品味，却颇有新意。

明月度关山，中天照胡汉。十万良家子，嫖姚甲待旦。胡儿秋牧马，天子晓射雁。亦有王明君，独抱穹庐叹。

值得注意的是，这诗不像传统的边塞之作，完全站在单方的立场。它主要是写双方的军事对立，并通过王昭君这个历史人物，抒发对无穷尽战争的悲哀之情。诗的头两句，就有些异样，“明月度关山，中天照胡汉”，不管有意还是无意，都包含了这样的意思：在中国之外，别有一个广大的世界。另一首乐府古题诗《邯郸才人嫁为厮养卒妇》更明白地说“汉月亦胡没”，可为佐证。原来，在祝允明的诗歌世界中，月亮虽从中国升起，却在异国落下去。简而言之，是中国月亮照外国。

读者也许就要问：何来专属中国的月亮，知道月亮不仅照中国，也值得一提吗？这样反问是因为受了现代教育的关系。在重视“华夷之辨”、文化上持自我中心立场的古人看来，华夏以外的地方，都是没有文明的荒蛮之地，根本就不值得注意。所以，尽管他们不是不知道中国以外还有人群生活着，但在习用的语汇中，“天下”就是中国，中国的边缘，就是“天涯”了。至于月亮，在中国文学中有着浓厚的感情色彩，常常是客子与故乡、与思妇之间的媒介。李白“举头望明月，低头思故乡”，杜甫“今夜鄜州月，闺中只独看”，是典型的中国诗歌情调。诗人们不会想象它会照耀异邦。再说月宫里住着嫦娥、吴刚，他们跑到外国的天空上干什么？传统的边塞诗常写到月亮，即月亮已经到了边陲，却仍然只属于中国和中国人。陈后主的《关山月》说“秋月上中天，回照关城前”，显然是不想出关的样子。至于唐人沈佺期“汉月生辽海”，翁绶“徘徊汉月满边州”，更是明确地贴上了专用标志。王昌龄的名句“秦时明月汉时关”，也隐隐有这样的意思。在这样的传统中，祝允明的诗显然有些异样。问题不在于是否知道月亮也照外国（这是前人也知道的），而是其中所透露出的某种世界意识。

这并非强拉硬扯。明以前的元朝，是个蒙古族统治的、疆域极其广大的政权，与外界的交往十分频繁。明永乐时，中外交往仍然很多，郑和七下西洋的壮举，距祝允明出生只有半个世纪。跟随郑和下西洋的费信著有《星槎胜览》，巩珍著有《西洋番国志》，马欢著有《瀛涯胜览》，这使国人对异域的知识，不再那么空洞疏漠。从祝允明个人来说，他所作《前闻记》，专门记载了关于郑和航海的某些史实，又曾为黄勉之《西洋朝贡典录》作序，均可证明他对外部世界的兴趣。

另外，祝允明与日本人也有个人交往。钱谦益《列朝诗集》引沈润卿《吏隐录》说，日本使者来华朝贡，经过苏州，其中有一位名叫左省（系“省佐”之误）的僧人，曾特意拜访祝氏而未遇，与沈氏兄弟相逢。这位日本僧人不会说汉语，但懂汉文，能作笔谈。笔谈中说到他十年前就到过祝允明家。省佐还当场为沈氏作诗一首：

二月天和乍雪晴，见君似见祝先生。醉中不觉虚檐滴，吟作灯前细雨声。

在祝允明的文集中，则保存着有关的诗二首。一首题为《和日本僧省佐咏其国中源氏园白樱花》，一首题为《答日本使》，下注“姓橘名省佐，相国寺僧”。诗如下：

日边来处几何时，闻说占申复到寅。遥仰北辰趋帝座，却经南甸驻行麾。诗名愧动鸡林客，禅谛欣参鹫岭师。回首山川浑渺邈，只有明月慰相思。

根据原注，第二句是指从日本航海来华，指南针在刻盘上方位的变化。第五句可以看出，当时祝允明在日本也很有名声。末句的写法，同“汉月亦胡没”亦有些相似。

以上的事实，大约可以证明祝氏确实是一个对外部世界颇为关切、有所了解的人，《关山月》与传统边塞诗的差异，也确实存在微妙的心理背景。至少，他并不认为中国以外的世界毫无价值和意义，也不会认为“天下”就是中国。

但是，深入探究，就可以发现，明朝统治者以及士大夫（包括祝允明）那种文化上的自我中心主义并未发生根本的改变。他们抛弃了对外界冷漠的态度，却只是停止在好奇，以及宣声威于海外、令诸国朝贡所带来的满足。至于怎样更广泛、更深刻地了解世界，以至引入异族的文化来改进自身的文化，却是完全谈不上。祝氏《西洋朝贡典录序》说到郑和下西洋的意义，是“飞星舶于天池，耀皇华于鳌极”，这代表了当时人们普遍的认识。从象征的意义上说，这恰是“中国月亮照外国”。

那么，中国以外的地方，又怎么样？祝允明所生活的十五世纪后半期至十六世纪初期，正是欧洲的文艺复兴时代。达·芬奇、马基雅维利、马丁·路德、哥白尼、哥伦布，都是跟祝允明年代相仿的人物。欧洲历史正在酝酿着深刻的变化，思想家们正有力地向中世纪的权威发起强有力的冲击，探险家乃至海盗集团正在政府的支持下拼命向海外扩张。但在中国，像祝允明这样的先行者仍然没有摆脱传统文化的束缚，处于焦虑和彷徨之中，民间从事国际贸易的商人受到政府无情的抑制。于是，就从这个时代起，中国开始落后于西方。这种差距经过清朝近三百年愚昧的统治（从总体上说是如此），越来越大。终于，有人说“外国月亮比中国圆”了。

人的卑琐与伟大

祝允明的《述行言情》组诗，共有五十首，作于三十岁。当时他已五次应乡试，都没有考上举人（三年后中举，但再也没考上进士），心情郁闷，便作了这一组诗自抒怀抱。第二十七首头四句是：

大仪靡停运，百生岂淹息。丽天星汉度，附地虫鸟疾。

“大仪”即太极，在中国古代哲学中，指产生并支配天地宇宙的一种不可见的内在之物。“百生”即世间一切运动之物。这四句写宇宙运转不止，万物生生不息，群星和银河在天穹上时刻移动（“丽”是附着的意思），虫儿、鸟儿在地面上迅急地飞舞。诗人从至大和至微两方面写出整个天地宇宙的运动，浑浑灏灏，景象极其壮观。然后，在此背景上，写出自己的活动：

把策诣有司，五往五见黜。

“把策”，握着马鞭。这两句，不过是说他五次应试，五次失败，怎么也不能算是惊天动地的事情吧？作者却把它放置在无比壮丽的宇宙背景上，实在是很不寻常的写法。

但是，如果知道祝允明对个人生命的看法，就不会对此感到奇怪了。《述行言情》是组诗，彼此之间可以相互参照。这一首头两句就是：“昔受皇灵命，结此轩奇姿。”意思说自己禀受了天地之灵气，生就不凡之材质。还有《大游赋》的头两句是：“允明以为宇宙之道，于我而止矣！”《和陶渊明饮酒》：“遐览天地间，何物如我贵？”都是把自我视为天地宇宙间最高贵、最伟大的存在。

在中国古代哲学中，本来有天、地、人为“三才”的说法（《周易·说卦》），并且认为人是“天地之心”（《礼记·礼运》），这比西洋古代哲学更重视人的地位。但是，在过去的历史上，“人”是被作为一个整体看待的，人的高贵与伟大，表现在“人伦”，即人类的文明准则上。至于具体的个人，只是依附于“人伦”而存在，反而是渺小不足道的。到了明代，哲学观念发生了重大的变化。所谓“人为天地之心”，被理解为每一个具体的个人都禀有宇宙间最高贵的品质，具有无限可能性。这就是祝允明所说的宇宙之道，于我而止；天地之间，以我为贵。

但是，“我”的高贵与伟大，毕竟只是一种内在品质或可能性，至于这种品质或可能性是否得到实现，却受到环境的约制。回顾“把策”两句，就是包含了双重意义：自我既是天地宇宙之灵，又是那么卑琐可笑，一次一次地考什么可怜的举人，还总是失败而归！

以下就此加以发挥：

岩栖岂无尚，廛托病多役。钱刀坏心气，霜露损毛质。憔悴勿复言，流尘蒙白璧！

虽然也有隐居的念头，但托生于市廛，有多种需求，有家室之累，怎么就能够隐居呢？没有钱，使人心情变坏，各种各样的烦恼，把人折磨得衰老了（“损毛质”谓头发变白）。这样来看，人是多么卑琐可笑！

但一切的一切，归根结底，“流尘蒙白璧”才是最大的悲哀。“流尘”指岁月的痕迹，“白璧”譬喻人的内在品质。一个人所具有的高贵禀赋，不能在现实中得到实现，最终将化为乌有。特别是祝允明，自视甚高，确实也有出众的才华，他是无法忍受这一点的。

通常，中国文人在仕途不顺时，常表现出对世俗荣名鄙弃的高姿态。如西晋的左思，久在京都，无由闻达，就宣称要“振衣千仞岗，濯足万里流”（《咏史诗》）。本是为世所弃，偏说有意弃世，气魄果然很大，却难免有些矫情。这种自我安慰的办法，对祝允明就没什么用。他不是没有自己的人格理想以及自我认定的道德追求，却不肯以此否定世俗生活，否定对物质与荣名的向往，因为他知道这是自己内心真实的欲望，饰以虚辞，陷于可厌的“恶伪”，还不如承认自己的卑琐。

再说下去，人的内在品质之实现，在具体的社会中，就有具体的形态。在祝允明的时代，名利官位，都是一个文人自我肯定的条件。所以，这首诗中，他虽然空泛地承认了“岩栖”（隐居）是一种可取的生活方式，实际上是不愿如此的。《和陶渊明饮酒》诗说得更清楚：“士生之代后，于名本其情。”如果不做官，不能闻达于世，又怎么能够显示自己超群出众的“白璧”之质呢？这又是一个矛盾：追求名利使人显得卑琐，不追求名利又无法实现他的内在品质与可能性。这样来读，此诗又显得颇为有趣。

凝静之境

我们所面对的世界，根本上是令人费解的：一切有形之物，都是有生有灭，那么总该有一种不生不灭的永恒存在。否则这个世界怎么能够是如此万象森然、运转有序的呢？但如果有，它又在哪里？我们的生命根本上也是令人费解的：它从哪里来，又到何处去？人为什么似乎具有某种无所不能的禀赋而常常却是一无所能？在哪里可以找到最终的解脱？现代科学如此发达，也无法解答这些奇怪的问题，古人当然更费思索。在宗教中，“上帝”消除了一切疑惑。但中国的士大夫，大多不信奉类似上帝的人格神，而偏向于某种带神秘气息的哲学。其中最受他们重视的，便是老庄的学说。这种学说提出：万物与众生的本源都是“道”，它无形无质，虚静空漠，无所不在，却浑然一体，永不毁灭。显然，“道”的一切特征，均与世间有形之物相反，无疑这是逻辑推理的结果，是人们想象中的超越现象界的力量。

人们既无法证实，也无法否认所谓“道”的存在。只是，探求、体验这一永恒之物的努力，却给中国的文学艺术带来了特殊的美学效果。由于“道”是无形的，人们只能从有形的自然中去体认它，所以中国的山水诗、山水画很多并不是着眼于描摹具体的景物，而是要透过这些景物表现那种无形的神秘力量的存在，以幽寂旷远的情韵，引导人们做精神上的超越。不过这样的艺术表现，似乎还是隔了一层，难以充分呈示自然中内在之物——“道”的幽邃与神秘。因而，祝允明的两首梦游诗（据诗题，还是在梦中写成的），便另有一种情趣。他把梦中的幻觉与山水游览结合起来，在幻觉中直入“道”体，从而构成了更深一层的凝静之境。

其一是《己巳闰九月十三梦中为游山诗》：

春观入西岫，区名意自别。松岚结幽赏，虫鸟弄余悦。花气韵苍沉，树肤落翠雪。天行无尘染，丘卧白云洁。心在道不违，未觉万物裂。三爵已余酣，清心写泉月。

“己巳”是明武宗正德四年（1509）。题中写“闰九月”，诗中却说“春观”，倒很像梦话，不足为怪。这里是一个奇妙的世界：柔曼的岚气浮动于松梢，虫鸟吟唱着轻盈愉悦的歌，暮色中融入了花的香气与色泽，青翠的雪花从树林间纷纷飘落。天空格外的透明纯净，一尘不染，而诗人静卧于山丘，似乎摆脱了沉重的肉躯，与白云融为一体，洁净轻虚。这是一个没有任何负荷、不受任何骚扰的生命，再喝上三杯酒，精神更加虚淡，人心犹如泉中的月影，清澄而空明，就同“道”一般，既不是纯粹的“无”，也不是日常的“有”。

在这场梦游中体验到的特殊状态，是“心在道不违”，即人心与“道”的合一；是“未觉万物裂”，即把握了世界的完整性。在日常的世界中，万物是彼此区别和对立的，因而也就是相互分裂的。但透过万物表象上的分裂，世界的内在本质却是完整的。人们有限而纷乱的生命，总是在向往着这个永恒而完整的存在。

另一首《梦作月山独步歌》，意境略有不同。前一首诗偏重于世界本体的空明，这一首诗则偏重于它的无形却又强有力的运作。

不忿白日尘，宵赏有灵悦。山蹊任襟入，不必有昔辙。石淙写长韵，风林时落叶。冻狖僵石霜，跃鳞触潭月。山空夜深静，魈鬼时出灭。自非返冥极，谁能畏城阙？

这是一座从无人迹、幽深荒寂的山，又是深夜之游，因而更具有神秘感。开始所见的景象还算平常，愈深入愈觉得有一种森然逼人的气息。冻僵的猿猴（狖是猿的一种）默然不动，水潭中时有鱼儿跃起，撞碎月亮的投影，沉静的山林中，隐约有山鬼出没不停。这也是凝静的境界，但在这凝静中，似乎那巨大的黑暗正支配着冻狖、跃鳞、魈鬼乃至泉水与落叶的活动。于是，在惊恐之中，诗人似乎沉入了世界与生命的底处——所谓“冥极”。由于体味到这一超越生灭的永恒力量，反而觉得城市中日常的生活才是可畏的，因为那喧嚣的生活，令人远离生命的本源。

日常生活的虚幻性，很多人都能够体会到。比如一场繁华盛会之后，人去楼空，灯火阑珊，默然对此，岂能不生万事如幻的惆怅？祝允明又是一个放浪形骸的诗人，时或出入秦楼楚馆，时或召客痛饮歌呼，甚至不顾士大夫的体面，甘为优伶，粉墨登场，演唱戏曲，由刺激的生活，带来更为强烈的失落感。他因此常苦苦思索：如何才能超越喧嚣变幻的人生，追寻世界与生命的共同本源？到了沉酣的睡梦中，他就屡屡步入了那种凝静而神秘的境界。

但是，所谓生命的本源、世界的内在本质，恐怕是一个永远不能被人类真正把握的东西。人们只是永不停止地求索它，并且在文学中不断留下求索的痕迹。

雄峻胜佳丽

上客坐高堂，听仆歌太行。六岁从先公，骑马出晋阳。遥循厚士足，忽上天中央。但闻风雷声，不见日月光。狐兔绕马蹄，虎豹嗥树旁。衡跨十数州，四面殊封疆。童心多惊壮，慄气已飞扬。自来江南郡，佳丽称吾乡。邈哉雄豪观，寤寐不可忘。人生非太行，耳目空茫茫！

以上这首诗是祝允明的《太行歌》。太行山绵延于山西、河北、河南三省交界处，范围广大，山势雄峻，是以艰险著称的一座名山。《尸子》说："龙门，鱼之难也；太行，牛之难也。"曹操《苦寒行》一开头就惊呼："北上太行山，艰哉何巍巍！"

相比之下，江南却是沃野千里，山媚水软，遍地花树，可称人间温柔乡。明代中叶的苏州，更是全国最为富庶的城市，青楼朱阁，光彩耀目，丝竹歌舞，终日不绝。从环境的舒适宜人而论，两者不啻天壤之别，难以相提并论。

祝允明的祖父祝颢做过山西布政使司参政，因此他在山西出生，幼年曾随父亲穿越太行山，对此留下了深刻印象。以后回到家乡苏州，住了几十年。在《太行歌》中，诗人将太行山与江南做对照，其结果却是更向往于前者的雄峻阔大，对后者的佳丽风光，没有任何好评，似乎有些奇怪。

先从诗本身说起。这首诗语言浅易，好像写得很随便，其实颇为讲究。前四句交代清楚，然后以十句集中描叙太行山，作为全篇的主体部分。“遥循厚士足，忽上天中央”，说从山脚登上极顶，注重于山之高；“但闻风雷声，不见日月光”，注重于山中气候的恶劣；“狐兔绕马蹄，虎豹嗥树旁”，注重于深山中荒凉恐怖的气氛；“衡（横）跨十数州，四面殊封疆”，注重于山域的广大。然后，归结到“童心多惊壮，慄气已飞扬”——这样的景观，对于幼年的祝允明来说，当然是相当可怕的。但稍微想一下，就会意识到：穿越太行山，需几十天时间，岂能无一时风和日丽，无一处旖旎光景？诗只写太行山的险恶，当然是有意选择和构造的结果了。

从表面上看，前十四句并无只字称赞太行山。转入“自来江南郡，佳丽称吾乡”，前后形成对照。江南既称“佳丽”，又是“吾乡”，从常情来说，当然应该为归来庆幸。然而，出人意料，诗的下两句，却是对太行山寤寐难忘的思念。这一不合常情的转折，必须有一个合理的解释，于是有末两句的收结：“人生非太行，耳目空茫茫！”这才是全诗的主旨所在：如太行之行那样充满艰险困厄、不测风云的人生，才是有意义的人生；平庸安乐的境遇，却令人感到空洞无聊，白白浪费了生命！后六句三层，层层跳跃翻进，节奏急迫，使结句格外高亢惊人。

从诗歌的传统习惯来说，如果强调高山的险峻艰危，则诗人所表达的情绪以畏惧退却居多。曹操《苦寒行》作于汉献帝建安十一年（206）出征高干时，作为三军主帅、一代豪杰，本不会有面对太行山而畏怯的心理，但诗中却一再说：“我心何怫郁，思欲一东归。”“悲彼东山诗，悠悠使我哀。”李白的名篇《蜀道难》，多奇幻之思、惊诡之句，但也是一再感叹：“蜀道之难，难于上青天！”“嗟尔远道之人，胡为乎来哉！”“锦城虽云乐，不如早还家。”像祝允明那样，既有意写山势的险恶，又特别表示对此险恶雄豪之境界日夜难忘的诗，属于例外，是什么因素引起这种变化呢？

在诗人笔下，险恶的山岭从来不仅是自然的存在，而且常常是压迫人生的外在力量的象征。李白《行路难》也写到太行山："欲渡黄河冰塞川，将登太行雪满山。"表达了难以找到出路的悲哀。《苦寒行》《蜀道难》多少也有这样的意味。确实，人总是难以与命运相抗，发出这样的哀叹原是自然的感情流露。但在明代出现了新的情况，那就是一部分文人对自我的重视、期待要远超过前人。不管实际地位和成就如何，在人生哲学中，他们绝不承认有任何高于自我的存在。祝允明的狂傲自负更是人所皆知。他的《大游赋》序，劈头一句，就是："宇宙之道，于我而止矣！"这是把"我"视为所面对的世界的主宰者。狂者进取，个性自然向外拓张。尽管在现实世界里，他们仍然可能被外在力量压倒，但在精神世界里，以及反映自我精神的文学世界内，他们是不肯向任何力量退却的。这跟前人有很大区别。明人的这种性格，在清代常被批评为轻狂浮躁，但这恰恰表明清代文人进取精神的消退。

再回到《太行歌》。从美学的意义上说，西洋人把各种景观分成两大类：粗犷、雄壮、巨大的一类，称为"崇高"；秀丽、小巧、细洁的一类，称为"美"。祝允明将太行山的雄峻可怖与江南风光的佳丽可人相对比，很接近西洋人关于"崇高"与"美"的区分。他是取"崇高"而舍弃"美"的。这是诗人个性扩张、冲动，追求刺激而不甘于平静的表现。从象征的意义上说，他是一个渴求有所作为的人，在环境不允许的情况下，此种渴求更加强烈。虽说祝家世代官宦，他的生活绝不会太差，但由于仕途困顿，又无其他可以发挥的余地，便觉得内在的创造力受到压抑，而更为厌恶平庸的生活。因而，回想幼年穿越太行山的经历，尽管惊慄恐怖，却令人兴奋激动，便以此为象征，表现内心对壮丽人生的向往。

其实，对现代人来说，这种情绪是容易理解的。许多环境安逸、生活富足的人，偏偏喜欢冒生命危险去攀登杳无人烟的山峰，不正是为了克服人生的平庸吗？开首引《尸子》："龙门，鱼之难也。"但跃过龙门，鱼即化龙，这传说的真正意味，恐怕也正在于此。

人生须有梦

梦，除了指生理上的睡梦以外，一般还指各种各样的幻境，以及一切超越现实限制的向往。人生若无梦，将是怎样的呢？那大概就不是人生了。深山里的穷汉，会梦想造几栋大楼房，娶个漂亮老婆，结果只造起三间草屋，娶了个粗手大脚的女人；他儿子会梦想当省长、总统，结果只当了乡长。梦，说起来很可笑，但倘若没有梦，他们什么也不会有。

人类群体又有共同的梦。天堂，桃源，乌托邦，无不是梦。凡是关于理想社会的预言，终了都被人发觉是不真实的梦，但那时它已经引导人们走了很长的路。

按照当代最著名的哲学家恩斯特·卡西尔的说法，人之所以区别于其他动物，就在于人能够超越“现实性”的规定，不断地向着“可能性”即理想世界前进。换句话说，人之为人，就因为人有梦。

但梦又是造成冲突的根源。皇帝只有一个，做皇帝梦的人，又何止一万个呢？所以，在人类的社会文化里，又专门有些道理，教人安分守己、规矩老实，少做梦或者不做梦。这种道理好像在中国最发达。

现在再来读祝允明的这首《春日醉卧戏效太白》诗：

春日入芳壶，吹出椒兰香。累酌无劝酬，颓然倚东床。仙人满瑶京，处处相迎将。携手观大鸿，高揖辞虞唐。人生若无梦，终世无鸿荒。

这是写独自饮酒的乐趣：在这个春日里，和暖的风吹进了酒壶，把酒香散布在四周的空间，造成迷人的氛围。一杯一杯地喝，虽没有朋友共饮，却也很有兴致，直到酩酊大醉，斜倒在床上。于是眼前出现幻景：仿佛身在仙界，有无数仙人环列四周。便拉着仙人的手，逍遥自得，从天界俯视人间（“大鸿”犹言大荒、大野），感受到超脱之乐。唐尧、虞舜是以禅让天下出名的古代贤君，这时若让给自己，一定高揖不受。比起梦境中的逍遥，帝位有什么味道？最后两句已经是醒来的话了：人生倘若没有梦，永远也不会感受到“鸿荒”的境界！“鸿荒”本来是指世界混沌未开的状态，用在这里，是指纯然放任、彻底自由、绝无规范的境界。这当然是现实世界里所不可能有的。

这首诗又怎么跟开头提出的问题联系起来呢？

首先，从诗的最后两句可以体味到一种自我辩护、向可能的批评者提出反驳的味道：为什么不能沉湎于酒醉的幻境？不在梦里，哪里找得到自己所向往的“鸿荒”之境？同时，可以注意到这诗是标明效仿李白的，最后两句其实也是反驳向来对李白的批评。

这首诗的意境在李白笔下经常可以看到。他爱喝酒，“一年三百六十日，一日须倾三百杯”；有酒就豪气倍增，“当筵意气凌九霄”；他也常常沉醉在虚幻的梦境里，“霓为衣兮风为马，云之君兮纷纷而来下。虎鼓瑟兮鸾回车，仙之人兮列如麻”。这样的例子可以举出很多。

跟李白同时代，在诗史上同样有名的诗人是杜甫。李、杜优劣的问题，历来争论得很厉害。这样的争论，就像一位茶客与一位酒鬼争论茶与酒的味道哪一样更好，永远不会有结果。有意义的问题应该是：李、杜的根本区别在哪里？尊李或尊杜的原因是什么？这样，事情就清楚多了：李白是把个人的自由、尊严看得很高的，在现实的世界中有许多不如意，所以他的诗常以舒放的语言表现狂放的情绪与奇幻的想象；杜甫则注意个人对国家、对君主的道德义务，他所想的大都是实际问题，诗歌虽不乏激情，但很注意节制。本来在唐代，李白的地位明显高于杜甫，但到了宋代，杜甫被抬到“诗圣”的地位，又远远高于李白了。李白在宋代受到的批评也特别多。王安石说他十首诗有九首说酒和女人，罗大经说他只是任侠使气，沉醉于花月间，哪里比得上老杜满腔悲愤？这还不算是最大的问题，整整一代宋诗在尊杜的旗帜下，越来越崇尚知性与冷静的表现，甚至以“平淡”为诗的至境（梅尧臣诗句：“作诗无古今，惟造平淡难”），那才是对李白诗歌的幻想与热情特质的根本否定。

作为一种文化现象来看，宋代抑李扬杜，并不是一个评判两人诗歌优劣的问题，而是中国文化的一次大变。宋代的诗人真是不大做梦的。苏轼（东坡）算是有几分仙气，偶尔也会向着月亮说“我欲乘风归去”。但看他那么善于自我排解，逆来顺受，实在是跟唐人大不相同了。

祝允明是一位思致深湛的哲人，但他很重视感情的价值，厌恶因过于理性而变得僵死。在明代，他是最早明确提出反拨宋代文化、反对扬杜抑李的人物之一。《祝子罪知录》明白宣称：“称诗不可以杜甫为冠。”“李白应为唐诗之首。”同时还攻击宋人自以为独尊杜甫，其实也达不到杜甫的境界，弄得毛病百出，诗不成诗。

所以，这首《春日醉卧戏效太白》并不是简单地描述一场李白式的醉后梦境。诗人是在呼唤社会的热情，呼唤李白式的神奇的幻想，以及这幻想中所蕴藏的创造力。因为没有梦的社会、没有梦的人生，实在是太平板，令人难以忍受。

对儿子的期望

关于祝允明的为人，《明史·文苑传》、顾璘《国宝新编》、王世贞《艺苑卮言》、钱谦益《列朝诗集》、陆粲《陆子余集·祝先生墓志铭》等各种记载，都说到一个基本特点，就是“傲诞”“玩世自放，惮近礼法之儒”“出名教外”，总之是放任不羁，蔑视社会道德准则，看不起规矩死板、装腔作势的人。据钱谦益说，拿钱求他写字的人很多，他常推辞不见。但乘他上妓院玩乐时，让妓女缠着要他写，就没有不答应的。所以，在民间故事中，祝允明总是被描绘成一个浪荡滑稽、贪酒好色，而又有几分糊涂的角色。其实，他知识广博，思想深沉，在心中有很高的追求。他二十八岁所作《丁未年生日序》说：“思治远也，通八遐之表；愿处高也，立千仞之上。洗涤日月，披拂风云。一履独往，千折弗挠者矣。”只是与世寡合，场屋失利，对所谓礼教的实质又看得太清楚，所以就不甘为之束缚，以放浪为自适，且表示对旧传统的抗拒。

但是，当祝允明的儿子祝续于武宗正德六年（1511）进士及第，并授翰林庶吉士时，他的表现却一反往常。这倒不是指祝允明赞成儿子做官。本来他就不反对做官，而且自己也在屡试不售之后，于正德九年（1514，他时年五十五岁），以举人资格，委曲地就任广东兴宁知县。有趣之处是，祝允明因祝续入仕而作的好几首诗，完全是一派诚惶诚恐、谦卑恭敬的腔调，对儿子的期望，也只是成为忠谨尽职的臣子，没有一丝一毫的狂态。比如《儿子召试馆职》说：“黄纸书名已异恩，玉堂观艺复何论？持将宣室当前席，幸有丹表世世存。”这里对浩荡皇恩显出十分感动、十分忠心的样子。另一首《儿子召试后忝窃收录，蒙钦改庶吉士留学翰林》，更是纯正得惊人：

文帝弘谟远，明王懋举初。望应非曲学，功欲得真儒。给膳摅文思，休朝读秘书。养成台辅地，嗟尔意何如？

所谓“曲学”，本来是别人常常拿来攻讦祝允明的话；得一点恩宠便骨头发酥，也是祝允明平日最看不起的事情。这种话出于他的笔下，特别可笑。难道儿子做了官，就把老子彻底改变了吗？并非如此，祝允明的行径依然如旧。只是，这些诗都是写给儿子看的，带有勉励的意思，必须多说正经话。狂恣放荡，标榜异端，是自己的人生取向，对儿子的期望，却完全不是如此。

这样的事情很早就有，而且历来不绝。魏晋之际的阮籍，以任情放诞、蔑视礼法著称于史。相传他在家喝酒，常散发裸体，无所顾忌。有时在酒店喝醉了，便躺在老板娘身旁，弄得人家很疑心。但当儿子阮浑要学样时，他却阻止说："卿不得尔。"（你不许如此！）魏晋时有一位嵇康，是阮籍的好友，不但疏懒傲诞，而且刚直激切、轻肆直言。但这位绝俗之士，在《家诫》中，却教给儿子许多圆滑透顶的处世方法，例如，见人争论不休，就要赶紧走开。因为坐观是非，难免要说话，一说话自会有所偏袒，于是就结下怨仇。再者，对别人的私事，知道得越少越好，以免招来忌恨。这些教导跟嵇康自己的日常行为往往相反。往下说，清代有郑燮（板桥），为人疏放不羁，却劝堂弟谨慎做人，努力科举，不要学自己的模样。这样的例子多得很。

其实，所谓狂诞之士，都是个性特异、难与常人同流的人物，因而也就容易遭受诋毁甚至陷害。中国人好同恶异，强求社会的一体性，对异端难以宽容。“木秀于林，风必摧之；堆出于岸，流必湍之；行高于人，众必非之。”“枪打出头鸟。”这些都是人们引以为戒的格言。那些狂诞的才士，虽不愿意改变自己，却深深懂得：最安全、最少烦恼的人生，就是平庸的人生。所以，他们教给子弟的东西，不是自己所信奉的人生准则，而是克己从众，和光同尘。

再者，狂诞也就是偏离社会的轨道，偏离社会的权力组织。即使从个人来说无足多虑，从整个家族来说，却绝不能走得太远。中国是以官为本位的社会，没有人做官，整个家族的利益就得不到保障。这种现象在明代特别严重，一个缙绅家庭下降为平民时，其财富常常很快就被权势者巧取豪夺，吞噬干净。谈修《避暑漫笔》记载，松江有一位老人，平生多次拆掉失势人家的坟给新贵筑屋，眼见兴衰倏忽，财产聚散无常。因个人偏离社会轨道而造成家族的衰落，狂士再狂，也不敢承担这样的责任。可以补救而又不必过于违逆个性的方法，只能是让子弟循规蹈矩，在社会的正道中猎取功名。以祝允明来说，祝家本是世代官宦，继承遗业，并发扬光大，乃是列祖列宗发自冥冥之中的命令。因此，尽管自己行为放肆，对儿子却管束很紧。在祝续中进士、点翰林之时，他当然激动不已，对皇帝感激涕零了。这一刻他完全改变了精神面貌，变得庸俗不堪。

父亲的品格影响儿子，那是极平常的事情。但历史上许多个性特异、卓立不群的狂诞之士，却少有把自身品格留传给子弟的。相反，他们的儿子大都很平庸，好像为了完成一种平衡。祝续官运亨通，但在父亲所精熟的文学、艺术、哲学等各方面，没有一项提得出的成就。

这里也有一个值得深思的问题：所谓狂诞，其实并非只是行为的奇特，而是表现着对旧有规范的破坏，对新的人生价值的追求。自己追求的东西却不愿儿子去追求，而宁愿他们平庸无奇，社会又怎么能够改变呢？

文豪做小官之苦

文豪当然才气过人，但也常常是傲气过人。古时，文人的正经出路是做官，所以文豪都想做大官。岂知文才官才本非一事，甚至多了文才却妨碍了官才，所以他们在宦途上倒是不顺利者居多。有些则干脆不做官，认为无非是老天无眼，而自己则是怀才不遇。最苦的是不尴不尬地只落得个县令之位，才叫倒霉。性情疏懒而事务繁杂，脾气傲诞却要逢迎上司，非搅得一塌糊涂不算数。中国文豪中有这等经历的颇多。陶渊明做过江西彭泽县令，才八十天，终于不肯“为五斗米折腰向乡里小儿”，挂印回家了。杜甫做过华州司功参军，是个管文化事务的佐职，被杂务缠得心烦，光火地说：“束带发狂欲大叫，簿书何急来相仍！”高适做封丘县尉，写诗说：“拜迎长官心欲碎，鞭挞黎庶令人悲。”前者有伤自尊，后者有伤良心，只好辞职而去。还有一位袁宏道（中郎），比祝允明晚生几十年，做过吴县令。他在《与丘长孺书》中，将小县令的苦处描摹得极生动：

弟作令备极苦态，不可名状。大约遇上官则奴，候过客则妓，治钱谷则仓老人，谕百姓则保山婆。一日之间，百暖百寒，乍阴乍阳。人间恶趣，今一身尝尽矣。苦哉！毒哉！

正德九年（1514），祝允明第七次会试失败，已经是五十五岁，且儿子三年前已中了进士，再考下去实在无味，决定罢手。明朝制度，举人不愿参加会试，可由朝廷分配做官。只是出身低，弄不到肥缺。不知道祝允明是觉得人生总该过一次官瘾，还是想积点银钱应付余生，就走了这条路，远远跑到广东兴宁去做知县。他一向狂傲透顶，做知县便难受得要死，于是写了许多诗发牢骚，《戏作口号》是其中之一。“口号”是随口吟成、不复琢磨的诗，虽然率意，却易见性情。

道惠何曾惠，言宁又不宁。一春眼里过，三日水中行。坡老荔犹涩，陶公酒未成。哥哥浑不顾，枉费千万群。

兴宁属惠州。头两句用双关语，就自己的官职起笔，埋怨来此惠州兴宁，既不“惠”又不“宁”。祝允明同时所作《县斋早起》，有“拙谋果是因微禄，奸傍吴田晏起耕”两句，表明做官是为了积钱，为退隐之计。但明代官员的正式俸禄很低，其主要收入，来之赋税中按规定可以报损耗的部分。这是合法的、有一定比例的“揩油”，即“陋规”，赋税收入越高的地方，官员所得越多。兴宁在当时仍属穷乡僻壤，当然是不“惠”了。但越是僻远的县份，国家配置的公务人员也越少，什么事都得知县亲自管，所以又是不“宁”。不仅如此，知县最重要的公务是按时向乡民催交钱粮，而老百姓总是设法拖欠，催交钱粮要靠皮鞭木棍。祝允明是一个饱学风流之士，终日冥想天地宇宙之精微，哪能干得好这种虎狼之差？完不成任务，不但自己的收入无来处，还得受上司的指斥，甚至被停发有限的俸禄。据祝允明在广州所作《归兴》诗，他到兴宁的第二年就被罚俸，那更是不惠不宁了。

三、四句写眼前之事。当时祝允明只带了老妻照顾起居，儿女远隔万里，又无酒朋诗侣相伴，恐怕在吴中的风流行径，在这里也难以重演。如此寂寞，不免辜负了大好春光，白白地看它从眼前流过。现下乘舟行水，连绵三日，尤其觉得无聊。不知道这次出行是为了什么缘故，就诗中看，大约是执行公务。中国文人在困顿之际，常会找出些理由自我排解。苏轼曾贬官惠州，作《食荔枝》诗安慰自己："日啖荔枝三百颗，不辞长作岭南人。"陶渊明做彭泽令，也说："公田之利，足以为酒。"五、六句中，祝允明却反用典故，怨怪荔枝还涩，不能吃；酒也未熟，喝不成。当然，荔枝和酒都会熟，祝允明只是发脾气，想不出在这鬼地方有任何好处。

结句原有小注，说明吟诗时子规（杜鹃鸟）正飞过，遂有了最后两句。中国历来有一种说法，认为子规的叫声是唤"哥哥"莫要远行。这两句后悔自己来此做倒霉的小县令，有归去之意。

后来祝允明升迁为应天府通判，官署在南京，地位比原来高了一些，繁华都市的环境，也比原来舒适得多，照理该满意了吧？然而他还是心烦。通判终究只是个掌管农田水利及粮运之类杂务的佐僚，没什么实权，又乏味得很。而且，南京是明朝的陪都，有全套不管实事的中央机构，大小官员麇集于此，钩心斗角的丑态，远过于偏远小县。他终于辞去官职，回家赋闲。此前作有《危机》一诗：

世途开步即危机，鱼解深潜鸟解飞。欲免虞罗唯一字，灵方千首不如归。

这诗跟前一首诗，都是触兴而发，写出在宦途中难以适应的处境与心态。祝允明从年轻时就很想做官，觉得借此可以显示自己的超群之才。但一旦入仕，却浑身难受。固然小官不好做，大官也得从小官做起，平步青云总是少的。说来说去，是书读得太多，道理想得太透，皮不厚，心不黑，手不狠。文豪做官，往往如此，只是在低卑的职位上转了一圈，仍回到老地方，还白白惹一肚子气。

沉闷的人生

祝允明五十多岁到广东兴宁做知县，寂寞枯索，心绪恶劣。在一个阴沉的天气中，他写下了这首《短长行》。首先是从天气说起：

昨日之日短，今日之日长。昨日虽短霁而喧，今日虽永阴复凉。

接连的两天，本无日长日短之分。只是晴日风光宜人，情绪开张愉快，便觉其短；阴日寒湿渗肤，举目无娱，苦苦捱延，遂觉其长。这是就眼前光景发端，却已经有了象征意义。接着便顺势展开：

胡不雨雪为岁祥？胡不稍暖开初阳？徒为蔽天氛噎日黯黮，人物惨懔无精光！

干脆就下一场大雪（“雨”作动词用），要不就云开日出，为什么这么阴沉昏暗，人也好，物也好，都在这阴森之气的笼罩下，显得灰暗失色，无法放出自身的鲜丽光彩！字面上还是写天气，而且写得很真实，但一个象征的主题，已经被巧妙地表达出来了，这就是沉闷的社会环境对人性的压抑。

对于个人来说，最可怕的事情不是生命的短暂，也不是追求的失败。项羽叱咤风云，横行天下，三十岁时自刎于乌江之畔，谁敢说他不是一个令人追慕的英雄？人以其自由创造的能力区别于一切生灵，而且每个人就其本性而言都具有这一种宇宙间最宝贵的品质。成功也好，失败也好，许多机缘并不是人能够把握的，但总要发扬个性，努力创造自我，放出独有的光彩，这才是人生。

同样，一个社会最令人感到厌恶和可怕的，不是贫困，甚至不是暴虐，而是对人性的压抑。汉唐盛世，常牵惹后人的怀古之情，这不仅是因为国力强盛，疆域拓张，而且因为许多英雄才士得以骋其智能，各著风流。自宋代以后，却是用压迫人性的手段求得社会的稳定。在理学的教条中，世界的一切都已经安排妥当，个人的义务，只是崇仰圣人，忠诚于国家和君主，消除自我的欲望，便完成了一生。于是，人渐渐变得萎靡，像受了阉割似的；变得虚伪，失去了真实的自我；变得猥琐可笑，看不到一点飞扬跋扈的豪气。当历史发生变化，个性精神开始复苏时，先觉之士最直觉的感受，便是那一种难以忍受的沉闷。

因此，这一首短诗的前半部分，实际是一声新时代的呼喊：宁可要短暂而美好的生命，也不要漫长而阴沉的岁月；要求打破社会的沉闷，使各人所具有的一段“精光”闪耀光彩。这一思想渐渐成为新的社会思潮，最有代表性的就是晚明的李贽。李贽是福建泉州人，有人讥讽地问他是否认识福建的一个海盗头目，他回答说：那位海盗头目，横行海上几十年，攻城略地，朝廷也奈何不得，如果没有过人的才智，岂能如此？一班“大头巾”（明代人对酸腐儒生、假道学的蔑称）只会打躬作揖，跟在别人屁股后面转，怎么敢同他相比！所以，清代《四库总目提要》站在正统立场上指责说，祝允明实际是李贽的前导。

即使到新思潮最为盛行的晚明，旧势力仍很强大，李贽就是被陷害至死的。何况祝允明比李贽还早近半个世纪，更是孤单无助。他不由得发出叹息：

物情望有常，造化诚叵量。淑美气候少，君子道难昌。阴阳长短不可问，古来万事都茫茫！

这里提出了一个深刻的怀疑：历史是有理性、有规则的吗？为什么尽管人们希望事物的运行能够遵循常道，而事实上支配万物的“造化”却不可探测？为什么在生活中美好的时光总是很少，君子之道总是难以昌明？顾望千古，真是茫茫不可知！在兴宁时期，祝允明常常为这样的迷惑所困扰。如《悲秋三首》之一：“日似宝珠容易掷，道如沧海等闲求。爱憎衮衮风千变，今古茫茫貉一丘。”《秋宵不能寐》：“官街彻夜鼓声悲，万古浑无至静期！”这也是明代文人的普遍苦闷。他们不满于现实，却总是找不到出路，不知道怎样才能令社会发生根本的改变。

独怜穷海客卧者，魂绕江南烟水航。

这是全诗的结尾两句。百索无解，无可奈何，只能回到眼前的实际，转为对家乡的怀念。收结显然是弱了一些。

从明中叶到晚期，要求舒张个性、发扬个人创造精神的思想潮流，曾经对社会的统治思想形成冲击，但最终仍告失败。

清人入关后，更将专制统治发展到极点，所以后来的先进思想家仍旧重复着祝允明所感受到的沉闷。龚自珍的《己亥杂诗》所说“万马齐喑究可哀”，等于《短长行》的“人物惨懔无精光”。而且，晚清的沉闷，比明代更甚。用龚自珍的尖刻批评，是朝廷无才官，军队无才将，甚至市井无才匠，山林无才盗，一切人才，都被摧毁干净。直到鲁迅的时代，仍然感叹社会像是一间密封的铁屋子，人人还是沉睡不醒。

吴乡小景

以乡村生活为题材的田园诗，从陶渊明开始，成为中国古典诗歌一个比较重要的流派。早期的田园诗，大致以表现诗人自身的隐居生活为主，并借此抒发清高脱俗的情怀。所以虽是写乡村，跟真正的农人却并无多少关系。比如陶诗中出现的人物，虽然“相逢无杂言，但道桑麻长”，实际是些隐士。到南宋范成大作《四时田园杂兴》，明显地转向以乡村自然景色和农人的日常生活为主，形成一种改变。举一首为例：

新筑场泥镜面平，家家打稻趁霜晴。笑歌声里轻雷动，一夜连枷响到明。

这种变化，大约与范成大的生活环境有重要关系。他作这一组诗时，已经从宰相的高位上退休，闲居在石湖（范成大号“石湖居士”，即由此而来）。包括石湖在内的苏州西部乡村，是十分美丽的地方，即使比不上杭州风光的俏丽，也别有一种温媚闲淡。这里濒临太湖，大大小小的湖泊、河道交错密布，青翠的小山或断或续，丰饶的田野便舒展于山水之间。得天之利，农、蚕、茶、渔诸业兴旺，农人的生活，自然较别地富裕些。他们固然勤劳辛苦，却也不乏自足的快乐。这种环境，使诗人感受到特别的情趣，便以自己的眼光，去看待农人的生活，写出新的作品来。虽然《四时田园杂兴》也写到官府对乡村的压榨，但更多的是反映田园的美好与令人愉悦的一面。

祝允明居住在苏州城内，也常出城游玩。他写的关于乡村生活的诗为数并不多，却有自己的特点。下面是一首《首夏山中行吟》：

梅子青，梅子黄，菜肥麦熟养蚕忙。山僧过岭看茶老，村女当垆煮酒香。

诗读起来像一支小曲，轻快而闲淡，语言似乎未经任何修饰。这种语言风格同诗的情调相适应。诗歌语言的书面程度愈高，读者与诗境的距离愈远，从而造成诗学理论上所说的“陌生化”效果，使人将诗境作为特殊的审美对象来审视。相反，平易的语言，令人觉得这只是寻常的生活景象，很容易投入到诗歌的气氛中。这正是作者所冀求的。从画面的构置来看，与《四时田园杂兴》有明显不同。后者大多是一事一景，本篇则写得更分散。这同样是不经意地写出了生活的原貌，但作者毕竟是有意识的。他散淡的文笔，令人感觉到诗中的一切是如此轻松闲逸，而忘记生活的紧张，得到情绪上的舒缓。尤其是末句，令人想象在村头简朴的小酒店中，从村女手中接过一碗米酒，是何等惬意。

另一首是《暮春山行》：

山艇出横塘，西山晓气苍。水车辛苦妇，山轿冶游郎。麦响家家碓，茶提处处筐。吴中好风景，最好是农桑。

这是一首五律。按照一般习惯，律诗是最讲究语言锤炼的，古人有“五律如四十尊菩萨，着一俗汉不得”的说法。但祝允明却不管这些道理。颔联与颈联的对仗，为格律所规定，但力求自然，避免警诡，尾联用口语，更越出律诗的常规。这样，就显得散淡。图景也是平常的，不加以强调。“辛苦妇”与“冶游郎”有对照意思，但“辛苦”未至于令人怜悯，“冶游”亦未至于令人厌恶，无非是一些生活的场景。农人勤苦劳作，与世无争，从中也享受到生活的乐趣。

西洋有一种称之为“牧歌”（eclogue）的田园诗，多表现作者对大自然和乡村的宁静与美景的喜爱。这种牧歌与中国的田园诗并不很相似，但两者有一种共通的意识，就是把上层社会的文明以及整个城市文明，其中人与人之间复杂的关系，看作堕落的表现，认为乡村的淳朴生活更符合理想的人性，更美好、自由。

由此看来，中国的田园诗从以隐士为主体转化到以农人为主体，其实并非出于对农人的关切。就隐士与整个社会的联系来说，并不能真正脱离上层社会的文明。与其把自己打扮成农民的样子，还不如直接描写农民。吴中乡村优美丰饶的环境，便为这种转化提供了条件。但这种描写，不管怎样努力抹去痕迹，终究是经过诗人的刻意构造，反映着他们生活理想的某个方面。祝允明的日常生活，可以说非常紧张，紧张倒不在事务上，而在思想和情绪上。探究天地宇宙的精微、人生的本原和归宿，追求功名事业的成就，乃至个性与社会的冲突，都令他焦虑不安。作为实际生活的反面，他所写的乡村景象，就出乎寻常的散淡。其实，农人又何尝没有自己的烦恼？他们对城市生活的向往，恐怕更强烈。

心的遨游

祝允明以放浪不羁著称于世，他竭力要打破扭曲人性的理学桎梏，追求真实的自我，在精神上达到自由无碍、光明纯洁的境界。因此，同他的放浪外貌相为表里的，是好学深思的习惯。陆粲在为他写的墓志铭中说："在众若无能者，然默而好深湛之思。时独居著书，解衣盘礴，游心玄间，宾客来者，叩户呼之，若弗闻也。"（《陆子余集》卷三）《口号三首》集中表现了他这种外放内潜的个性，描绘出他所追求的精神境界。《口号》是随口吟成的诗，虽然不很精细，却有直达本心、毫无假饰的特点，从中可以看到活生生的诗人自我形象。以下是《口号》的第一首：

枝山老子鬓苍浪，万事遗来剩得狂。从此日和先友对，十年汉晋十年唐。

“枝山”是祝允明的号。他因右手多生一指（俗称“六指”），取此号戏谑自嘲。自称“枝山老子”，一种兀傲不可一世的神态跃然纸上。鬓发苍苍，阅事已多，但人间的所谓毁誉宠辱，成败得失，都不放在心上，都可以扔在一旁，只剩一个“狂”字不可改。这就是说，外在世界的任何东西都不能诱惑他、改变他。但反过来说，一个狂傲的人，在现实中也难免处处碰壁，往往只能反躬自求，从内在的精神生活中寻求满足。其途径之一，是博览群籍，与古人为友。读书，不可狭隘地理解为仅是一种求知行为。个人的生命活动，在时间和空间上都极其有限，而凭借书籍，却可以使人的精神在广大的时空上开展，探求历史与人生真理，而不为产生于一时一地的规范所限制。祝允明把读书说成与“先友”相对，就是采取积极参与、体验、砥砺的态度，而不是被动接受。末句“十年汉晋十年唐”，也不是随意说的。在他看来，汉、晋、唐是中国历史上富有生气的时代，自宋代理学兴起，民族的生气遭到了扼杀。他激烈地指斥：“学坏于宋”“诗死于宋”，这种极端的态度，不能说是对宋代文化的正确评价。但它的意义，在于通过追踪汉、晋、唐，恢复中国文化在宋代失去的生机。这种意识，与西洋文艺复兴运动追寻古希腊文明有相似之处。

不裳不袂不梳头，百遍回廊独步游。步到中庭仰头卧，便如鱼子转瀛洲。

第二首渗透着禅学气息。禅宗认为，人们在世界的幻想中迷失了本性，而通过内向自省、摒虑静思式的修炼，可以发现真性，解脱烦恼，达到人与宇宙本质的同一。“禅”的境界，信徒们说是可以意会不可言传的。祝允明通过形象的描绘，至少能够引起别人的某种感受。首句写自己衣衫随便，头发散乱，这是同外界疏离的表现。衣饰的严整，反映出拘谨、严肃的态度，所以人们越是在重要的礼节场合，越是注意衣饰。“不裳不袂不梳头”，便显出萧散无拘，忘怀人世。这样，在自家庭院的回廊中一遍又一遍地独自漫步，渐渐排除一切有意识的思维活动，进入无意识的沉冥状态，最后达到清静之境，这就是入禅。据说，进入禅定的人，能摆脱一切尘世欲望与烦苦，只留下未经人世污染的生命所具有的内在的、纯净的、自然的乐趣。这种带有神秘性的内省经验，很难用文字传达。祝允明用了一个比喻，就是仰卧中庭、物我俱忘之际，只有自由之心活泼泼充满生机，如鱼儿在水洲间回转自如，毫无阻碍。不过，对俗人来说，此种境界，还是只能作隔膜的揣测而已。

蓬头赤脚勘书忙，顶不笼巾腿不裳。日日饮醇聊弄妇，登床步入大槐乡。

第三首写了作者在求知和情欲两方面的沉溺。在一般人的认识中，这两者通常是对立的：前者是理性的活动，是冷静的思考；后者是感官的满足，是迷狂的状态。而且，如韩愈《进学解》所说“业精于勤，荒于嬉”，沉湎酒色总是被看作是学术事业的大敌。祝允明偏偏将两者合在一起来写，而且都写得兴致勃勃，显然是与前人作对。这种诗，不能理解为对享乐生活的描摹，内中同样包含了对人生的深思。首先，“勘书”（这里是比照推究的意思，不是一般的文字校勘）被写成充满热情、非常快乐的活动，而不是正襟危坐、枯索无味。也就是说，求知、研究学术完全是出于自我的需要，绝不是为了外在的目的（如获得声誉、受人赞赏）来折磨自己。其次，求知与情欲，都是人的自然本性所要求的东西，并没有高下之分、善恶之别。由此揭示：理学家以求知否定情欲，也是“恶伪”的表现，承认人的生活具有多方面内容，在多方面都合理，这才是“真善”。从而，亦可以看到明代人对学术事业不同于前人的理解。

祝允明生活的年代，正是社会的变化刚刚显露兆头，而思想界总的还相当沉闷的时期。他的兀傲，其实不仅是自适自放，而且带有与社会势力对抗的意味。因而，他无疑也是孤独的。在这三首诗中，无论写日对先友，独步回廊，还是写纵情酒色，都是孤独无侣的形象。所以，他只好尽量向内心沉潜，在个人的精神世界中遨游。但是，这样的自由能够使人得到真正的满足吗？读者不妨细细品味，在兀傲的情绪中，可有交杂着不易察觉的悲凉？

面对女性的困惑

明代中叶以后，随着社会思想的变化，文学作品中关于女性和男女之情的内容大量增加了。由于男性始终是社会的主宰力量，故这些作品的观点大体都是从他们的立场出发的。男性在文学中表现出来的对待女性的态度，说来有很多奇怪的地方。有时，女性被描绘得纯洁而高尚，男子在她们面前显出懦弱而污浊的样子；有时，女性又被看作一种美丽可爱的玩赏对象，好像她们完全是为了男子的快乐而存在的；甚至，有些关于男女性爱的描写，由于过于放肆而呈现污秽的面貌，令人觉得难受。与此同时，与统治者强化道德控制的措施相适应，各种歌颂所谓烈女节妇的诗文也空前增多。几乎翻开每一部明人文集，都散发出这样的酸腐之气。当然，各种不同的态度，在过去也可以看到，但从来不曾像明代这样，各趋极端，反差强烈，矛盾混杂。而且，同一个作家，常常写出完全不同的作品。令人感到，在那个新旧思潮并存的时代，男性面对女性时，也有许多困惑。

祝允明是个思想深湛的哲人，也是纵诞放任的狂士。他贪酒、好色、嗜赌，曾招致许多正人君子的不满。在他的文集中，专写男女之情或女子风姿的小诗，数量极多。这里先选录一首《咏美人手》：

秋荑附夏藕，春玉剪圆锥。欢时持郎体，愁来支泪颐。那能握花绒，绾作同心丝。

前两句用比喻。“荑”是茅草的嫩芽，形容美人手的洁白柔嫩，这比喻出于《诗经·硕人》“手如柔荑”。藕也是白嫩的，这里形容手臂，与手相衬。第二句换一个比喻，写另一种感觉。玉是晶莹光洁之物，前面配以“春”字，透出温暖气息。“圆锥”则是说手指丰满而细长。专写女子身体的一部分，难免要用切近的眼光、细致的笔触。这两句，不重在手的形状、线条，而突出柔嫩、洁白、温润、丰满诸种感觉，更带有情欲上的刺激性。按照正统的标准，这已经有伤大雅了。

接着，“欢时持郎体”，把情欲的倾向更加推进。不过，“持”是平静的动作，又是有所收敛。往下再转出一笔，不向危险处走。但这两句，总的是写女子令人动情的一面，带有撩人的意味。最后说，这样的手，岂能去编织同心结一类的东西？暗示那种通常表示爱情的举动实在平淡无味。虽不是直接说明，仍是大胆强调感官快乐的重要，强化了前四句的效果。

这诗并不特别出格，比起明代许多风情小调，算是很收敛了，更不用说《金瓶梅》这一类小说。不过，它的情调，同样是由玩赏女性而得到的欢愉，对女性有一种狎昵态度。

另一首《秋夜曲》有所不同：

明月深穿辘轳井，蕉梧成削藏石影。房帷萤火入还出，绡被轻围明玉冷。

这诗也写到女子的身体，甚至透过“绡被”写到女子晶莹如玉的裸体，但并无情欲和官能刺激的意味。诗中的气氛极为冷静，拉开了读者与诗中人物的距离。月光穿入深井，洒在澄清的水面；秋日已然凋零的芭蕉、梧桐，半掩于山石之后，在月色中只见依稀的影子；幽幽闪烁微光的萤火虫出入于房帷内外，悄然无声。——整个是一幅幽冷、清静，甚至是肃穆的景象，一层一层滤去读者心绪中躁动的成分，最后才写出那睡下的女子。这里也用了玉做比喻，但不同前一首的“春玉”，而是“明玉冷”。“冷”压住诗尾，又经过前三句的渲染，自有凛然不可侵犯之感。

这诗也是写女性的美，但美不在形体，也不在女性给予男性的快乐，而是女性的纯洁，以及由此唤起的一种虔诚的感情。贾宝玉说：“女儿是水作的骨肉”“我见了女儿，我便清爽”，就是这意思。诗中的写景之笔，呈现为一个无比纯洁、宁静的世界，正是宝玉所谓“清爽”之感。以这种笔调写女子的裸体，也是中国古诗中不多见的。

最后再说《董烈妇行》。这诗太长，艺术趣味不高，不录于此。诗中写一名叫王桂芳的女子，十七岁嫁入董家，嫁后董郎卧病一年而死。王女年方十八，拒斥母亲、伯父之命，决不再嫁，一再自杀，最后悬梁而死。这样一桩可悲的事情，作者叙述完毕，竟热烈歌颂：“青天增高地增厚”“英风烈烈满宇宙”！中国旧文人在道德问题上，常显出可笑的夸张，明智如祝允明亦不能免。读这种诗，令人怀疑：世界难道吊在女人的裤带上？结束两句尤其可笑：“呜呼天下多美人，人百其身倘可赎！”意思是：即使让天下所有的美人每人死一百次去换董烈妇的生命，也是值得的。但这并不是真正惋惜那女子的死——不死她也成不了“烈妇”——只是说美人算不了什么，烈妇的节操才是最可贵的。换言之，比起“节操”来，无论董烈妇的生命，还是天下美人的生命，全都微不足道。这种对生命的蔑视，丑恶得令人愤怒。人们不禁要问祝才子：既然如此崇仰女子的节操，自己为何好色无拘检？又写什么美人手、美人体？真可惜他早死了，不会回答这样的问题。

如上的矛盾，不仅见于祝氏一人，而是相当普遍的现象。对祝允明这一类人来说，如果社会规范束缚了自己，是要反抗的，所以他们嘲笑禁欲的观念，鼓吹好色是人之常情；如果受束缚的是另一群人，则可以视而不见，甚至加以赞扬和维护。至于男子可以好色，女子应该贞节，其间的矛盾怎么办，也不必考虑。这显示出道德观的不彻底，而没有彻底的道德、始终如一的信仰，社会是很难改变的。中国近数百年的历史发展缓慢，与此大有关系。

历史的深处

“大风起兮云飞扬，威加海内兮归故乡，安得猛士兮守四方！”这是汉高祖刘邦所写的《大风歌》。公元前 196 年，刘邦平定了淮南王英布的叛乱，还师途中，经过家乡沛（今江苏沛县），召集家乡父老饮酒作乐，醉中取筑（一种乐器）自击，信口唱出这首豪壮的歌。他唱歌的这个地方，便成为有名的古迹，叫作“歌风台”。

刘邦实在是个富有传奇色彩的人物。按照《史记》的记载，他原只是个乡村无赖，平时好吃懒做，爱说大话，贪酒好色，常借钱不还。但当秦末大乱之际，刘邦奋起草莽，提三尺剑取天下，成为中国历史上第一个起于社会下层的皇帝。他使骁勇无敌的西楚霸王项羽最终败在他的手里，韩信、彭越、英布等一代英杰，先是为其驱使，效命战场，功成之后，兔死狗烹，又一一丧命于其刀下。这一段历史令人产生许多感慨，祝允明也在近一千八百年后写下这首《歌风台》：

掉臂长安市，遥从日边来。因遇芒砀下，步上歌风台。

长安是西汉的都城；芒山、砀山在河南与安徽交界处，距沛县约有一百公里，刘邦起兵前曾躲藏在芒砀之间。长安、芒砀、歌风台三个地点，实际是刘邦一生经历的概括。这四句同时也写出了诗人自身的形象：他挥着手臂离开长安，顺便经过芒砀，随意地登上歌风台。这样广阔的空间，他似乎很轻松就跨过了，显得非常豪爽潇洒，不大把那位汉高祖放在眼里。当然，若不是很豪爽很潇洒，怎么能任意议论刘邦呢？要批评一个大人物，必须自居甚高。

沛公善任使，猛士亡其骸。帝业袖手成，慷慨襟抱开。大风飞云亦壮哉！韩彭英卢相继死，寄命寺人髀股间，未央志气拉飒摧。

刘邦是以善于用人著称于史的。他初登帝座，对群臣自述得天下的原因，说自己论计谋不及张良，论管理国家不及萧何，论用兵不及韩信，但对这三个当世豪杰能悉心任用，所以就获得成功。但刘邦用人的奥妙，不仅是善于发挥一个人的长处，而且是善于利用一个人的短处来控制他；当一个人对自己不再有用，却形成威胁时，还要抓住适当机会把他除掉。为刘邦立下绝大功劳的韩信、彭越被诬为造反，英布被逼得造反，结果有的砍了头，有的剁成肉酱，连家族都杀个干净。《大风歌》的末句是“安得猛士兮守四方”，那么“猛士”都到哪里去了呢？“猛士亡其骸”，全给杀了！这句顶着“沛公善任使”一句，显得极其尖锐。然后是两幅对照的画面：一边是刘邦凭借手下良将谋士的努力，成就帝业，慷慨高歌；一边是曾为刘邦效命沙场的韩信、彭越、英布、卢绾相继而死，特别是韩信，被吕后骗入未央宫，英雄豪气，摧为灰土。

祝允明说这些干什么呢？为古人悲悼吗？不是。

相望千余年，安能为之哀？

但是他又说：

明朝放舟淮浦去，项王韩侯祠下亦徘徊。

尽管那些已经死去一千八百年的豪杰无法引起诗人的悲哀，但那一段历史却是令人感伤、发人深思的。诗人想象，在离开歌风台，经过项羽的都城徐州和韩信的家乡淮阴时，自己仍会在他们的祠庙前久久徘徊。

早在司马迁的《史记》中，就用了挖苦的语调描述汉王朝这位开国皇帝的种种无赖行径，而用充满同情的笔墨刻画了失败者项羽直率勇悍、富于感情气质的形象。鸿门宴、霸王别姬、乌江自刎，一系列戏剧性的、诗意的场面，至今还感动着千千万万的读者。还有那位韩信，刘邦的天下差不多有一半是他打下来的，在完全可以脱离刘邦自立的时候，他因为顾念刘邦对自己的重用，拒绝了谋士蒯彻提出与刘、项鼎足而三的建议。对韩信最终无辜而死，司马迁也是充满同情的。

那么，历史的结果，还能说总是合于正义的吗？事实是，在历史上获得成功的，往往是那些坚忍狡诈、蔑视一切道德法则的人，他们更能够捕捉住机会。至于那些信奉固定的行为规范、多少有些浪漫情调的人，却是失败居多。这绝不是个别的现象，用祝允明的另一首诗中的句子来说，是“万古茫茫貉一丘”。甚至，在日常生活里，也经常看到善良正直的人走投无路，不顾信义、惯于取巧的人左右逢源。难怪会有这样的谚语：“善良是无能的别名。”也难怪有诗人会这样写：“卑鄙是卑鄙者的通行证，高尚是高尚者的墓志铭。”

但是，若拿这样的话去指责刘邦，只会引起一阵耻笑。成功就是合理的证明，其余都是废话。何况，杀戮功臣，确确实实是汉初稳定政权的必要措施，既然是必要的，当然也就是合理的。历史难以用日常的道义原则加以解释。

祝允明是一个自负而渴望获得社会成功的人，也是一个追求真诚的道德生活的人——行为上的任诞纵放，只是表示对伪道德的排拒。他登临的歌风台，他徘徊流连的项羽和韩信祠庙，提供了成功与失败的重大范例。他不能不思考，在历史的深处，到底隐藏着什么样的奇怪法则？在追求成功和追求道德完善之间显然存在冲突的情况下，人应当做什么样的选择？这些在诗中虽然没有明白说出，却是可以体会的。“相望千余年，安能为之哀”说明自己并不只是为前人悲哀，也是为了指导别人对诗歌的正确理解。

还有一点难以确认的问题：在中国历代帝王中，明太祖朱元璋与刘邦最为相像。他也是出身于社会底层，在元末的大动乱中力克群雄，建立帝业，并在开国后以残酷的手段杀戮了一大批功臣。祝允明这首诗，是否有影射当代史实的意思？这固然无法证实，但他至少曾经想起这一种历史的重复。

唐寅：世上闲人地上仙

兴高采烈写市井

世间乐土是吴中，中有阊门更擅雄。翠袖三千楼上下，黄金百万水西东。五更市买何曾绝，四远方言总不同。若使画师描作画，画师应道画难工。

这首诗在本书作为总论的第一篇文章中已经引用过一次。在开始谈到唐伯虎的时候，再借此做一点议论。因为阊门是他的出生地，他的父亲唐广德便在这里开着一家商店，养活全家老小；再引申来说，阊门所代表的那一种商业社会氛围，又是他的整个生活背景。唐家在唐寅之前，世代以经商为业，没有出过读书人。唐寅在科举失败之后，虽没有经商，但他以卖画为生，仍不脱离商业气氛。

中国自古有重农抑商的传统。所谓“四民”——士、农、工、商，商在最后，甚至常常被看作是贱民。汉代发生战争时，“良家子”是军官的来源，罪徒和商人子弟则是士兵的来源。宋代陆游在《家训》中告诫子弟：“仕宦不可常。不仕则农，无可憾也。但不可迫于衣食，为市井小人之事耳。戒之戒之！”似乎一入市井，便堕落下流。明代朱元璋建国后，打击商人更不遗余力。禁止民间从事海上贸易，把城市富民迁往荒瘠地区，借故杀死巨商沈万三并抄没家产，甚至规定商人只准穿布衣等，致使明初商业经济急剧萎缩。商人不过做买卖赚钱，为什么竟被视为洪水猛兽一般？关键在于稳定统治秩序的需要。帝王要把读书做官变为获得社会地位与财富的唯一途径，把大多数人束缚在土地上和简单朴素的生活方式中。商人的财富和他们的享乐生活，在上层削弱了官府的权威，在下层引起人民的非分之想，最容易破坏专制政治和传统道德。

这一种传统影响于文学，特别是主要出于士大夫之手的诗歌，一般对商人也多取鄙视的态度。以白居易的《琵琶行》来说，那一位长安名妓“老大嫁作商人妇”，在作者看来是一种“天涯沦落”的结局。至于专门写商人生活的诗，像元稹、张籍的《贾客乐》，刘禹锡的《贾客词》，白居易的《盐商妇》等，都是用讥刺的口吻描摹商人的富足与享乐，并且常常拿农民的辛劳来陪衬。好像凡是不做官而有钱，就是荒谬，就是发不义之财。与此相联系，中国古诗词中写城市商业社会的作品也非常少。偶尔涉及，难免谩骂一通。如皮日休《吴中苦雨，因书一百韵寄鲁望》诗："吴中铜臭户，七万沸如臛。啬止甘蟹䲔，侈唯僭车服。"

但不管怎么样，商业总是人类社会中不可缺少的行业。经商致富，是一条具有吸引力的生活道路。虽然受到政府的抑制，商业仍旧时起时伏地发展着。以苏州的情况来说，本来在元代已经相当繁华，明初受到沉重打击，萧条近百年，到明中叶再度复兴，成为全国经济最发达的城市。祝允明的朋友王锜著《寓圃杂记》，有"吴中近年之盛"一条，说苏州："闾簷辐辏，万瓦甃鳞，城隅濠股，亭馆布列，略无隙地。舆马从盖，壶觞罍盒，交驰于通衢。水巷中，光彩耀目，游山之舫，载妓之舟，鱼贯于绿波朱阁之间，丝竹讴舞与市声相杂。"而苏州商业最集中的地段，就在阊门。

文学同样不能永远漠视商人的存在。首先在面向市民的通俗文学如戏曲、小说中，歌颂商人的作品，从元代开始明显增多。在明代小说里，可以看到《卖油郎独占花魁》，写一个卖油的小贩获得了绝色女子的欢心；可以看到《转运汉巧遇洞庭红》，写一个落魄书生随商人出海，无意之中发了一笔大财。而一些居住城市的诗人，也开始用同情的或是艳羡的笔调写商人生活。

唐寅的《阊门即事》就在这样的背景下产生。从诗的语言艺术来看，并不是很讲究。它的最大特点，是作者以商人子弟的身份，兴高采烈地描绘阊门一带繁荣的商业经济。这里既没有传统士大夫对商人的蔑视，也没有狭隘地把金钱视为罪恶，更不带一点自卑的心理。诗人把吴中即苏州城赞美为“天下乐土”，又将阊门夸为乐土中的宝地。这里有大量的金钱运转不息，有许多美貌女子为商人献歌献舞，各种交易彻夜进行，各地方言喧喧嚷嚷，组成了一幅难以描绘的市井图画。从唐寅的笔下，可以感受到异常热烈的商业生活气氛，和一个年轻的商人子弟的快乐而自信的心情。这样的诗，虽然不能说过去从来不曾有过，但至少可以说过去极少出现。

人类的生活本是无比丰富，但有各种教条对生活加以否定，使文字能够表现的内容变得单调。当文学中出现新的生活场景，或是以新的态度看待以往被否定的生活时，只要诗人之心是真诚的，就应该承认这是文学的进步。

惆怅少年心

同明代许多商人家庭一样，唐寅的父亲在积聚了相当多的财富以后，希望儿子走科举道路，读书做官，因为商人虽然有钱，但如果家中没有人做官，地位是不稳定的。唐寅也不负家人的期望，从小便深深沉埋在书卷中。祝允明为唐寅所写的墓志铭，说他年少时读书不问门外事，心中有一日千里的气概。唐寅自己也有一首《夜读》诗，描摹了当时的情态和心境：

夜来欹枕细思量，独卧残灯漏转长。深虑鬓毛随世白，不知腰带几时黄？人言死后还三跳，我要生前做一场。名不显时心不朽，再挑灯火读文章。

第四句“腰带几时黄”，即何时可取富贵。古代高官的腰带以黄金为饰，称为“横金”。这首诗写得十分浅俗，赤裸裸地道出不可按捺的欲望。效古人悬梁刺股的精神，以求富贵，构成了唐寅少年时代生活的一个重要方面。

唐寅也有另外一方面的生活，就是他十六岁以第一名考入苏州府学后，到二十九岁在应天府（今南京）乡试中以第一名中举，这十多年的时间里，他曾一度放下僵死的八股文章，把兴趣转入文学艺术的天地，同时纵情嬉游，过着放浪的生活。

到他三十岁那年，赴北京参加会试，因牵涉科场舞弊案，彻底失去了在政治上进取的希望。人到中年，经历严重挫折，难免要回顾往事，计较一生得失。《怅怅词》就是他三十多岁时回顾少年生活的诗（有人说作于诸生时，不确）：

怅怅莫怪少年时，百丈游丝易惹牵。何岁逢春不惆怅，何处逢情不可怜？杜曲梨花杯上雪，灞陵芳草梦中烟。前程两袖黄金泪，公案三生白骨禅。老后思量应不悔，衲衣持钵院门前。

先从七、八句说起。“前程两袖黄金泪”，是因富贵的理想成为空幻而生的悲哀。唐寅本来对前程充满信心，别人也都觉得他是天下奇才，非连中三元不可，突然意外地遭到当头一棒，当然很伤心，但这并不是不可排解的。如果把三生（前生、今生、来生）当作一个禅家的公案来参悟，悟透了，到头来，不都是一堆白骨吗？既然人生根本上是一场虚无的梦，人生的富贵也算不得什么了。

再回到诗的开头。既然求名求利，并无真正价值，什么才值得珍贵呢？那就是少年时代才有的一种真诚、美丽而又迷惘的情感。唐寅十六岁入府学，正是年少英俊，才气奔放之时，在家中受到宠爱，在外也容易得到异性的青睐，再加上文艺的熏陶，感情好像生长在营养特别丰富的土壤上，旺盛而又纤柔。他爱欢闹享乐，爱美丽的女子，爱风花雪月，爱晨露夕阳……一切美好的东西他都喜爱和迷恋。同时，因为他的感情是纤柔的，他也很容易伤感。“百丈游丝易惹牵”，就是此种“怅怅”少年情的极好比喻。空中的游丝，柔细曼长，随处飘拂，随处挂牵，数说不清，欲理还乱。也许，每个人的一生中，多少有过这样的心态。

种种牵挂之中，最令人动情的，是短暂的春光和邂逅的爱情。它们都是那般美丽，却又不能持久。少年的生命中，洋溢着青春的热力，常漫无目的地流向四方，渴望在异性的抚慰中得到升华，获得平静。这是一种幻想的情感，会借助各种对象，开放成不能结果却美丽异常的花朵。唐寅是一个特别多情的人，在他那个时代，能够自由追逐的女子，又大多是妓女，终究不可能结成婚姻关系，因而这种邂逅的、令人伤感的爱情遭遇就特别多。“何岁逢春不惆怅，何处逢情不可怜”，写出了诗人多情而多烦恼的生活。下面两句，又借“杜曲”“灞陵”这两个唐诗中写宴饮、离别时经常用到的古地名（都在长安），描绘出“逢春惆怅”“逢情可怜”两者合为一体的优美图景：在庭院，春尽时梨花如雪，落入手中的酒杯；在郊外，离别处芳草如烟，似在幽幽梦里。这是忧伤的场面，却是美丽而动人。

唐寅是位众所周知的风流人物。“三笑”的故事，早在他死后不久就已广为流传了，晚明时冯梦龙改写成话本小说《唐解元一笑姻缘》，收入著名的《警世通言》。后世又有戏曲、评弹乃至电影表演这个故事。这故事是否靠得住，也许有些问题，但对唐寅不算怎么冤枉。在他的诗里，可以看到他有时在梦中也会发生艳遇：

抱枕无端梦踏春，觉来疑假又疑真。分明红杏花梢上，墙上人看马上人。

只是，人们似乎很少体会唐寅的内心世界，对于他同女性交往中一份纤柔而诗意的情感，实在注意太少，以至那些小说、戏曲、电影，都把他写得过于油滑。所以要真正知道唐伯虎，这首《怅怅词》是不可不读的。

这里，说了唐寅的少年生活，有两个重要方面：读书求富贵，最后成了一场幻梦；而那些邂逅的爱情，也早已往事如烟。但在感情上，后者毕竟是珍贵的、真实的。所以诗最后写道：往日身穿破衣，扮乞丐乞食于妓院门前，这种事即使到老也不会后悔！这应该是纪实之笔。据蒋一葵《尧山堂外纪》记载，唐寅曾和同学张灵及祝允明一起，扮作乞丐，唱着《莲花落》讨钱，而后买了酒在荒郊野寺中豪饮，同本诗可以互证。但诗中这样写，还带有象征意义。前接“前程两袖黄金泪，公案三生白骨禅”，这里是表示：社会既然抛弃了自己，一切道德规范，风雅体面，都已显得无聊，只有任由真情的生活，才值得珍视。唐寅科举失败以后的生活，更加放任不羁，所以一班正统士大夫极感恼火，直到他死后还喋喋不休地骂个没完。

走向自由的文人

唐寅在孝宗弘治十二年（1499）赴北京会试时，与江阴豪富举子徐经（著名旅行家徐霞客的高祖）同行。考试前，徐经收买主考官程敏政的家人，得到试题，唐寅也知道了这件事。他生性坦诚，不谙世故，竟与朋友闲谈时说起，因此被出卖，同徐经一起下狱，饱受皮肉之苦。事后放归，但失去了政治前途。这一波折，等于是青云直上之际突然跌入深渊，苦不堪言。

此后一段时间，唐寅的诗歌多悲愤之语。这原是难以避免。在那个时候，文人若要得到成功，通常只有掌握政治权力这一条道路。一旦被排挤在权力组织和缙绅社会之外，往往就怨天尤人，无法解脱。但奇怪的是，渐渐地，唐寅又变得自信而轻快了。如《五十言怀》说:“笑舞狂歌五十年，花中行乐月中眠。漫劳海内传名字，谁论腰间缺酒钱？”如此风流洒脱，有名还有钱，难怪接下去要说:“众人多道我神仙！”凭什么他活得如此快活？不妨读他的《感怀》诗:

不炼金丹不坐禅，饥来吃饭倦来眠。生涯画笔兼诗笔，踪迹花边与柳边。镜里形骸春共老，灯前夫妇月同圆。万场快乐千场醉，世上闲人地上仙。

另据蒋一葵《尧山堂外纪》、顾元庆《夷白斋诗话》，唐寅还有一首类似的绝句:“不炼金丹不坐禅，不为商贾不耕田。闲来就写青山卖，不使人间造孽钱。”他原来是靠卖画为生（亦卖诗、文、字），可以免除其他一切烦劳，所以才那么轻松自在。祝允明在唐寅的墓志铭中说，求他字画的人很多，“四方慕之，无贵贱富贫，日请门征索文辞诗画”。画的价钱缺乏记载，秦西岩《故剑编》提到朋友间曾以三两银子转让一幅。明代的物价，大约十两银子则可买一间不错的房屋。假定一幅画三两银子，如果求画的人多，虽不能大富，日子也可以过得很不错了。

文人的经济来源，或者说文人的社会身份，同他们的文学创作面貌有直接关系。大略地说，中国自汉代起才有主要从事文艺活动的“文人”，他们依附于宫廷，为帝王所蓄养，因而他们的创作，也是为了取悦于帝王，很少能够表现个人的感情。魏晋至唐前期，出现了一个具有相对独立的贵族阶级，即门阀士族，他们成为文人的主体，其创作个性意识很强，同时也显示明显的贵族趣味，以超脱为高尚，甚少涉及世俗生活。唐宋时期，官僚成为文人的主体，他们的创作多受社会政治与道德观念的束缚。到了元、明，除了官僚文人，又出现一种立身于市民社会的文人。特别是明代，城市经济发展很快，比较富裕的市民、商人，除了物质的追求，也对文学艺术产生兴趣。风气一旦形成，又有很多人附庸风雅，这就出现了对文学艺术品的市场需求。即使是官僚，也只能参与这个市场，而不能凭权力支配别人。因而，一部分文人（特别是唐寅这样在政治上失足的），就可以把文艺作品当作商品来出售。有了这样一条谋生途径，他们就不须依附于包括官方在内的任何人，获得类似近代自由职业者的身份。而且，这不仅是一种经济来源，也带来相当的社会声誉，意味着一种新的社会成就。那些文人在生活上、精神上不再受社会规范、政治权力、传统道德的严重束缚，其创作也更具有个性和某种自由倾向。可以说，他们正在从旧时代的文人向近代意义上的“知识分子”转化，所以称之为“走向自由的文人”。

明代这样的文人为数不算少，本书谈及的四位才士，都在其内。祝允明的书法很受世人喜爱，据记载，一大幅真迹曾卖五两银子。在他的文集中，有一首诗是为某个陕西商人悼念其亡妻而作的，看来也卖了钱。徐渭晚年的生活，主要靠出卖诗文书画。有时朋友送珍贵的礼物给他，他就作书画回赠，以免欠下人情。文徵明的情况也差不多。

回过来再看唐寅的《感怀》诗。它是对自由自在而平平常常的生活的歌颂。在旧的价值标准破灭以后，唐寅并不寻求某种虚幻的超脱——炼丹或坐禅，而是沉浸于个人的情趣、个人的艺术爱好。“生涯画笔兼诗笔”，可以从两方面来理解：一则如前文所说，这是生活的经济来源；一则如唐寅在《六如居士画谱序》所说：“子弃经生业，乃托之丹青自娱。”艺术本身是人的创造能力的满足，是人的自我完善和提高。当个人爱好与经济来源结合在一起的时候，生活确实有可以满足之处。再者，唐寅不像祝允明喜欢沉思，老是探究天地宇宙的至理，他觉得人生是实实在在的，只要有了自由，吃饭睡觉，绘画作诗，寻花问柳，夫妻闲谈，就这么老去，就这么到死，便是神仙的生活。这里描绘了个人与社会组织呈游离状态的乐趣，表现了新的人生观念，所以是值得重视的。

当然，靠绘画、文字为生，有时也很辛苦。据李诩《戒庵老人漫笔》说，有人见到唐寅一本记录作品的大册子，上书“利市”二字。又说，某次有人来求文字，唐寅正在病中，勉强起床应付。别人请他休息，他说：“若不如此，则无人来求文字矣。”李诩记载这些事，有讽刺唐寅等一群才士俗气贪财的意思。其实，这里正透露出近代商业社会的气息。要自由生活，总是须付出代价的。靠自己的才能、气力谋生，难道比凭仗权力盘剥老百姓“俗气”吗？

对侠义的向往

文学能够产生一种心理补偿的功能，生活中缺乏的，人们就在文学中创造，拿文学形象来满足自己。武侠小说，包含了“武”和“侠”两方面。据小说家自己谈论，“侠”是主要的。“武”固然满足了人们的奇思异想，但说到底，只是行“侠”的手段。“侠”又是什么呢？主要之处，就是敢说敢为，不避权势，重然诺、重道义，轻货财、轻生死。这正是平庸的日常生活的反面。在日常生活中，人们为了利益的需要，往往不得不委屈自己，苟且度日，乃至相互间钩心斗角，尔虞我诈，由此便产生了对“侠”的向往。研究武侠小说的人，探本溯源，把司马迁《史记》的《游侠列传》尊为鼻祖。司马迁之所以为游侠唱颂歌，就是因为他看到朝中官吏皆趋炎附势、委蛇善变、巧舌如簧，才特意表彰那些慷慨激昂的重义轻生之士。司马迁自己不顾安危，为拼命苦战后不幸做了匈奴人俘虏的名将李陵辩护，因而得罪下狱，遭受酷刑，也算是“侠”的行径。

前一篇说到唐寅因为轻信而被朋友出卖，下狱拷问，丢失功名，从此一生蹉跎。这位朋友叫都穆，年长唐寅十一岁，也是苏州一位著名的文人，成名比唐寅早得多。早期他与唐寅的关系，介乎师友之间。所以，他出卖唐寅，对唐寅是双重打击。后来有人试图为他们弥合裂缝，唐寅死也不肯。有一次，唐寅在一位朋友家的楼上喝酒，别人把都穆引来了，他无可躲避，竟从窗子中跳下去。这首《席上答王履吉》，也是在酒宴上作的。王履吉即王宠（字履吉），他称赞唐寅是世间少有的“奇士”，大约也有消除唐、都之间矛盾的意思，唐寅便当场作诗回答。前半部分说：

我观古昔之英雄，慷慨然诺杯酒中。义重生轻死知己，所以与人成大功。我观今日之才彦，交不以心惟以面。面前斟酒酒未寒，面未变时心已变。

这里都是讲交友之道。所说的古代英雄，大约就是《游侠列传》中朱家、郭解一流人物。他们出言必信，对朋友敢以性命相酬。这种品格之所以受崇敬，正像司马迁所说“缓急，人之所时有也”，急难之中，便需要可靠的朋友，一切事情，都能相托。下面“今之才彦”，是指都穆一流人物。他们与人相交，只是脸面上的功夫，酒宴上称兄道弟，亲热无比，心底早已暗生歹意。这大约暗暗写出了当初唐寅对都穆说起徐经买通关节，及都穆因为嫉妒唐寅而心怀叵测的背景。八句诗，通过“古昔之英雄”与“今日之才彦”的比较，倾诉了唐寅内心的愤慨。他另有一首《侠客》诗，也以“酬知性命轻”赞美“侠”的精神，可见他对交友之道的重视。

诗的后半部分，是对王宠的正面回答：

区区已作老村庄，英雄才彦不敌当。但恨今人不如古，高歌《伐木》矢《沧浪》。感君呼我为奇士，又言天下无相似。庸庸碌碌我何为？有酒与君斟酌之！

“老村庄”大约是当时俗语，犹今日上海人所说的“老阿乡”。《伐木》是《诗经》中的一篇，歌唱朋友之情。《沧浪》是楚国的古歌，歌辞说：“沧浪之水清兮，可以濯我缨；沧浪之水浊兮，可以濯我足！”第四句的意思，是缅怀古人的交友之道，表示对一班假朋友，就像浊水只能洗脚一样，再也不屑一顾。诗最后说：像我这样庸庸碌碌的人，能有什么作为？咱们不如喝酒吧！言外之意，其他的话不必多说了！

这首诗是酒宴上的即兴之作，不可能太讲究，但诗中慷慨激昂的情调，却显示了唐寅的为人。称颂古侠，指斥今人，感叹自身的庸碌无能，都表现着对猥琐苟且行为的厌恶，对正直而富于热情的人生的向往。

王宠称唐寅为“奇士”，也值得推究。“侠”的精神，包含着蔑视社会成规、率性任情的意味。唐寅此人，“武”是说不上，“侠”气却沾染了不少。他少年时代就以“布衣之侠”自命，喜欢“周人之急”。在《上吴天官书》中，唐寅这样描叙了自己的人生理想：

若肆目五山，总辔辽野；横披六合，纵横八极；无事悼情，慷慨然诺；壮气云蒸，烈志风合；戮长猊，令赤海；断修蛇，使丹岳；功成事遂，身毙名立，斯亦人生之一快，而寅之素斯也！

这里描写的，正是一个大侠的形象。横行天下，豪气冲霄，置生死于不顾，建不世之奇功，扬声名于四海，这是多么壮丽的人生！可惜这不过是唐寅的一场梦罢了。他能够做到的，无非是扮作乞儿，混迹市井，呼啸酒市，沉醉荒野，也算是保存了“侠”的些许痕迹。

南朝诗风的重兴

唐寅的《春江花月夜》，是两首五言四句的小诗，其一是：

嘉树郁婆娑，灯花月色和。春江流粉气，夜色湿裙罗。

在这诗中，首先看到一株株花枝浓密的嘉树优美地摇曳着，灯光、月光与花的色彩融合成一片，荡漾如波，这真是动人心魄的景象！接着写嗅觉：随着江水的流动，传来脂粉的香气。这香气从何而来？原来是露水打湿了夜游的姑娘们，脂粉融入了江波。夜景本来容易写得虚淡，唐寅却借助夜色朦胧的特点，隐隐约约写出各种带有刺激意味的事物，使诗中景象富于诱惑性。“粉气”在中国古典诗歌中是很犯忌的，“脂粉气”本身是对诗歌的一种严厉的批评用语，唐寅也用上了，看来是有意的。不过，相似的例子，可以在《红楼梦》中贾宝玉身上看到，他就有爱舔食胭脂的奇特癖好。再看第二首：

夜雾沉花树，春江溢月轮。欢来意不持，乐极词难陈。

这首诗写一对情人在春江之畔、花前月下的幽会。前两句写景，为夜雾所笼罩的花树是幽暗的，在滟滟江波上涌起的月轮是明丽的。两者相互映衬，渲染了美丽而又神秘的情调。后两句用女子口吻，自叙见到情郎（“欢”是情郎的代语）后心旌摇荡、喜不自胜、难以言说。到此为止，留下许多余意。一对年轻生命缱绻无已的爱情，同样令这夜景富于诱惑和感动。

《春江花月夜》是南朝陈后主制作的一种乐府歌曲。他写的歌词已经失传了，现存最早的两首短篇歌词为隋炀帝所作。唐寅的两首诗在体制上仿照隋炀帝，其风格却更接近南朝诗。所谓南朝诗风是怎么一回事呢？历史上宋、齐、梁、陈几个王朝都建都于建业（今南京），统治江南一隅之地。这时期的贵族与宫廷文人，大多持唯美的文学观，排斥政治与道德准则对文学的束缚，强调文学的纯艺术目的，即抒情与审美的价值。

他们的诗歌，特别是以描绘女性体貌、表现男女爱情为主的所谓“宫体诗”，大多有语言精巧、色泽秾艳、音节流荡、情调哀伤的特点。唐寅的两首《春江花月夜》，不但有意选用了宫体诗的题目，风格也是有意效仿宫体诗的。

《春江花月夜》只是一个例子，在唐寅的诗中，色泽秾艳、偏近南朝风格的作品几乎占了近半数；也不仅是唐寅，在明中叶以后，出现了相当普遍的南朝诗风重兴现象。祝允明、徐渭写过不少类似的诗，晚明公安派的领袖袁宏道曾经说：坐在高山绿水之间，读《玉台新咏》，是人间一大快事。《玉台新咏》就是南朝徐陵编纂的一部以宫体诗为中心的诗集。还可以提到大名鼎鼎的汤显祖，他不但作诗好学南朝风调，就是戏曲的曲词，也是那一种轻艳流丽的味道，比如《牡丹亭》中《步步娇》一曲：

袅晴丝吹来闲庭院，摇漾春如线。停半晌整花钿，没揣菱花，偷人半面，迤逗的彩云偏。

这支曲子写杜丽娘游园前照镜时的娇羞之态，以后便是她在花园内与柳梦梅梦中相遇的情节了。

但是，众所周知，南朝诗风在历史上一直受到十分严厉的批判，宫体诗更被视为“淫邪”的东西，它何以在明代又重兴呢？

文学实在是很复杂的现象。抽象地说，似乎很简单：文学是人类情感的审美表现。但是，一切情感都能够随意地、充分地表现吗？显然不能。那么，对情感的节制在何种程度上才是合理的？这又没有一个固定的标准。不过确实有一个大致的规律：经济越是发达，对个人越是重视，文学中对情感的约制也相应地越是宽松。一种似乎是“罪恶”的情感，换一个时代，换一个地域，很可能就是美好的了。比如一个女孩挽着情郎在大街上走，今人看来是天经地义的事，百多年前，却是惊世骇俗，要被骂作“淫浪无耻”的。中国历史上的南北朝时期，南方的经济相当繁荣，上层社会中对个人情感的认可也比较宽泛，因而文学表现方面，就比较自由一些。

但是，按照严格的儒家文化观念，文学首先是政治和道德教化的工具，在情感表现上，也要求有严格的约制。以这种标准来衡量，尽管宫体诗除了极个别作品有些出格，大多只是描摹女子体态的美丽和没有道德基础的男女之情，但写女人，无论如何是不能允许的。而且，南朝诗歌那种艳丽流荡的语言风格，也不能被接受。因为这不仅是色泽的问题，同时也表现了情感的活跃和诱惑性。所以到了儒学重兴的时代，南朝文学便受到极苛刻的批评。

因此而言，就很容易明白南朝时诗风在明代重兴的原因。那就是：随着江南城市经济的发展，反对个性抑制的要求再一次抬头，文学中的情感表现也变得活跃起来。于是许多文人对南朝诗风重新产生强烈的兴趣。这一文学风潮的主要带头人，便是唐寅。

从某种意义上说，文学的发展最根本的表现，就是为人的情感争取权利，要求把原来视为“罪恶”的情感纳入审美领域的过程。只是这一过程，在中国文学中并不是渐渐地一直往前延伸，而是不断反复。这种现象如加以深入的考察，也是很有意义的事情。

桃花仙人

唐寅《姑苏八咏》中《桃花坞》一篇，是这样写的："花开烂漫满村坞，风烟酷似桃源古。千林映日莺乱啼，万树围春双燕舞……"桃花本自鲜丽，一枝二枝，掩映于山石林莽，已有一种媚趣；千树万树地开作一片，更是灿若云霞，令人如痴如狂，欲歌欲舞了。

但是，正因为桃花是如此鲜丽娇艳，容易逗引情绪跃动，所以它并不是高人雅士喜欢的花。他们讲究清高素洁、不同凡俗，而桃花却是太热闹，太俗气了。在中国古诗里，写桃花的虽然不算少，但很少同作者的人生追求联系起来。花中，兰、菊、梅、莲等，都常常用来象征某种品行，桃花却不行，虽然它是南方最常见的漂亮的花。

唐寅却特别喜欢桃花，甚至拿桃花作为自己的人生象征。他三十六岁时，因在科举中蒙受不白之冤，与家人失和，遂迁出旧居，在当时以桃花繁盛而成为苏州名胜之地的桃花坞建了一所别业，叫作“桃花庵”，又自称“桃花仙人”。他常在这里召请朋友，开怀痛饮，醉后各自歪歪斜斜，颓然花树下。《桃花庵歌》便是这种生活的写照：

桃花坞里桃花庵，桃花庵里桃花仙。桃花仙人种桃树，又摘桃花换酒钱。酒醒只在花前坐，酒醉还来花下眠。半醉半醒日复日，花落花开年复年。但愿老死花酒间，不愿鞠躬车马前。车尘马足富者趣，酒盏花枝贫者缘。若将富贵比贫者，一在平地一在天。若将贫贱比车马，他得驱驰我得闲。别人笑我忒风颠，我笑他人看不穿。不见五陵豪杰墓，无花无酒锄作田！

诗的后半部分所说的意思，在古诗里也见得多了。所谓“不愿鞠躬车马前”，无非是陶渊明“不愿为五斗米折腰”的另一种说法；结束两句，也就是“酒不到刘伶墓上土”的意思。但这里仍然有些不同的。中国的士大夫文化，历来把甘于贫贱、不慕荣华当作一种美德。因而论及贫贱之士，不管是真是假，大都首先从德行上加以肯定，认为这是一种高尚的表现，是为了追求更高的人生精神，才不肯混同于浊流。唐寅却并没有以高尚其志的隐者自居，他认为“贫贱”与“富贵”，只是各得其所；与其富贵而奔忙不暇，不如贫贱而悠闲，得赏花饮酒之趣。这是很实际的利益计较，是重视人生真正的快乐。在《把酒对月歌》中，这意思说得更明白：

我也不登天子船，我也不上长安眠。姑苏城外一茅屋，万树桃花月满天。

杜甫《饮中八仙歌》夸李白“长安市上酒家眠，天子呼来不上船”，唐寅在这里表示：桃花庵的生活美好无比，比做官还舒服，所以不用像李白那样，既要到长安去求官，又要做出一副傲世的派头。他也是傲视富贵，但跟前人以高洁之德为骄傲不同，他以平凡的生活、自由的乐趣傲对官僚阶级。

再看前半部分，日复一日，年复一年，流连醉酒于开开落落的桃树之下，其实也不全是写实，主要是借此表示对人间美好生活的占有。就像《默坐自省歌》所说的：“头插花枝手把杯，听罢歌童看舞女。食色性也古人言，今人乃以之为耻。”“食色性也”，即孟子所说“饮食男女，人之大欲存焉”。在唐寅看来，爱好享受，爱好女色，本来是人的本性，用不着像假惺惺的伪道学那样，引以为耻。只要大节不亏，不要存“害人谋”，说“欺心语”，尽可快快乐乐地过日子。所以，他说的“贫贱”也只是相对于做官的“富贵”而言，并不是穷得清清光光。要不然，怎么个“听罢歌童看舞女”？至于钱的来处，诗中也说了：“又摘桃花换酒钱。”意思是画桃花卖钱。

由此可知，唐寅是个什么样的“桃花仙人”。他既不羡慕富贵，也不自命清高，他要的是自由自在、尽情享乐，饮食男女无所忌讳。这是个世俗的神仙，兰的幽雅、竹的清拔、莲的出俗、梅的高格，都配不上的，正好配个热热闹闹、红红艳艳的桃花，做个“桃花仙人”。

这首诗在当时是一种新格。它语言浅显，差不多完全是白话，音节流畅，首节更有衔连不绝、一气流注的效果，读起来非常爽快。它正好表现诗人真诚坦率的感情和诗中歌颂现世快乐的情调。

唐寅的诗文散失很多。据王世贞《跋伯虎画》说，他曾藏有唐寅手书《桃花庵歌》八首，并评价说：“语肤（浅）而意隽，似怨似适，令人情醉，而书笔亦自流畅可喜。”又说，他从李士牧处见到唐伯虎的一幅图，“深红浅红兴浓绿相间，渔舟茅屋，天趣满即，宛然桃花庵景物”。可惜另外七首《桃花庵歌》与桃花庵图都不能见到了。

忍与不忍

“忍”这个字，按照汉字“六书”（六种造字方法）的道理，应该是形声字，即上部的“刃”表示读音，下部的“心”表示意义范围。但从小就听到一句格言：“忍字心头一把刀”，那是把“忍”字当会意字来看。民间对“六书”的学问不太讲究，不过是借“忍”的字形说明“忍”的道理：一直要忍到心头插刀，也不反抗。这真是忍到底了。

也许可以说：没有一种文化，比中国宋代以后的文化更强调忍耐的重要。汉、唐人并不乏豪迈之气，“乘长风破万里浪”，常常是人们所向往的人生境界。李白的诗，动不动就要上天入地，狂呼大叫世道不平；就连以苦吟闻名的诗人贾岛，也会说：

“十年磨一剑，霜刃未曾试。今日把示君，谁有不平事？”到了宋代，情况大变。就以最有豪气的苏轼（东坡）来说，他被贬谪到当时尚属荒蛮之地的广东，却能够安慰自己：“日啖荔枝三百颗，不辞长作岭南人。”东坡著名的《念奴娇》词，以“大江东去，浪淘尽，千古风流人物”这样豪迈的句子起调，最终却归结到“人生如梦，一樽还酹江月”，显出灰心丧气的样子。明代的统治思想，就是宋代理学的变本加厉，对“忍”的宣扬也更普遍。著名理学家陈白沙有《忍守箴》，说：“七情之发，惟怒为遽，众怒之加，惟忍为是，当怒火炎，以忍水制；忍之又忍，愈忍愈励。”在通俗小说里，也常常教人忍耐。《警世通言》中有一则《苏合县罗衫再合》，把酒、色、财、气描绘成四个诱人上当的女子，教人“忍气饶人祸自消”。

奇怪的是，历来宣扬忍让哲学的诗文，无过于唐寅的《百忍歌》：

百忍歌，百忍歌，人生不忍将奈何？我今与汝歌百忍，汝当拍手笑呵呵！朝也忍，暮也忍，耻也忍，辱也忍，苦也忍，痛也忍，饥也忍，寒也忍，欺也忍，怒也忍，是也忍，非也忍，方寸之间当自省。道人何处未归来？痴云隔断须弥顶。脚尖踢出一字关，万里西风吹月影。天风泠泠山月白，分明照破无为镜。心花散，性地稳，得到此时梦初醒。君不见如来割身痛也忍，孔子绝粮饥也忍，韩信胯下辱也忍，闵子单衣寒也忍，师德唾面羞也忍，刘宽污衣怒也忍，不疑诬金欺也忍，张公九世百般忍。好也忍，歹也忍，都向心头自思忖。囫囵吞却栗棘莲，恁时方识真根本！

这首诗用铺张的笔法来写，所以很长，但为了全面地了解唐寅此人，也就不嫌麻烦，全部照录了。开头一部分都是大俗话，中间一节却是讲禅宗的微妙道理：种种世俗的欲念，如同一片凝滞的“痴云”，遮掩了人的灵根（“须弥”本是佛经中所说的圣山，这里指人心中本有的妙境）。只要打破“忍”字一关，人心就化为一片空明，如梦初醒。“君不见”以下，列述圣贤忍耐的例子。最后说，能够把坚硬杂乱的棘团囫囵吞下去，方显出人的真实本性来。从直觉上说，这真是比“心头一把刀”还要难受的事情。

简直令人怀疑：这是否是唐寅写的诗？如果真有这样好的涵养，百事能忍，他又为什么整日放浪，连一方图章，都公然刻上“江南第一风流才子”的名号，向社会提出挑战？又为什么失却功名以后，久久不能忘怀那一场屈辱？又为什么常年悲愤难平，甚至说“公道还当一死休”？又为什么时时要显示个人的尊贵，要跟宰相平起平坐？

其实，这正是一场社会变革将要到来的时代。陈旧的、以约制人性为目标的道德传统面临极大的挑战，追求人生各种欢乐的欲望如同被放出来的魔鬼，在尘世中跳踉不停。唐寅本人就是这一种社会变革的先驱。正因如此，他必然面临两种激烈的冲突：个人与社会的冲突，放纵的自我与克制求平安的自我的冲突。在这样的冲突中，他有时也会想到“忍”这个祖传秘方，以此来抚慰自己。

但是，“忍”绝不是唐伯虎这位“江南第一风流才子”的主导品格，也不是他能够做到的事情。甚至，就连这首《百忍歌》，尽管字面上说了一长串的“忍”字，它的表述方法、语言节奏，以及形象感觉，都跟“忍”的主旨相背。“忍”是一种理性的、冷静的、内向收缩的心理行为，但这诗却不知不觉地使用了铺张的、奔放的、节奏快而多变的语言形式，哪里还像是说“忍”呢？再看诗所呈现的形象感觉：“我今与汝歌百忍，汝当拍手笑呵呵”，套用李白“襄阳小儿齐拍手……笑煞山公醉似泥”（《襄阳歌》）之句，也跟“忍”的收缩状态相去太远。尤其是“脚尖踢出一字关”一句，更是奇怪。照诗的逻辑意义来说，这句的意思，是说要做到“忍”很不容易，犹如打破关口。一旦破关，就达到了新的境界。但这句诗所描绘的那一副豪迈雄健的气派，与其说是在形容“忍”，还不如说是要踢掉“忍”，好痛痛快快地活一场。所以，在理念上，这诗是劝诫自己要无所不忍，内在的感情，却像是在大喊：忍不住了！忍不住了！

既然忍不住，还是不要忍了。唐寅实际并没有忍，后来的激进文人更不说忍。李贽说，一个人最要紧的是做真人，“一旦见景生情，触目兴叹”，无妨“发狂大叫，流涕恸哭”（《焚书·童心说》）。《列朝诗集小传》载，有人挟妓而行，遇上李贽，他笑道：“也强似与道学先生作伴。”还有汤显祖，也坚决反对“忍”，说是：“人生而有情，思欢怒愁，感于幽微，流于啸歌，或一往而尽，或积日而不能自休。”直到满族人打进山海关，“忍”才再度成为社会的普遍信条。

唐伯虎与林黛玉

《红楼梦》二十三回，写贾宝玉在大观园沁芳闸桥下读《西厢记》，见落红遍地，怕被人践踏，便捧来抖在水池中。一会儿林黛玉亦来扫花，说撂在水中不好，流出去，人家脏的臭的往水中倒，仍把花糟蹋了。不如扫起来装在绢袋里，埋入土中，日久随土而化，方是干净。至第二十七、二十八回，又写黛玉与宝玉发生误会，怨气无发泄处，“又勾起伤春愁思，因把些残花落瓣去掩埋，由不得感花伤己”，哭着吟出一首葬花诗。可是，好像没有人注意到，这一情节和诗歌，很可能是有出处的。

《唐伯虎集》附录其轶事，有一条说：

唐子畏居桃花庵，轩前庭半亩，多种牡丹花，开时邀文徵仲、祝枝山赋诗浮白其下，弥朝浃夕。有时大叫恸哭。至花落，遣小僮一一细拾，盛以锦囊，葬于药栏东畔，作《落花诗》送之，寅和沈石田韵三十首。

末句提到的沈石田，是唐寅的老师，也是苏州著名的书画家和诗人。他先作有《落花诗》，唐寅因葬花而想起此诗，唱和了三十首。《红楼梦》所写同上引文字的相似程度甚高。哭花、葬花、感花伤己而作诗，甚至唐寅葬花用锦囊，黛玉葬花用绢袋，全是一样。拿诗来比照，情调乃至语言相似之处更多，这恐怕很难说仅是偶合。可能曹雪芹曾读过唐伯虎的文集，并受其感染，有意将这一故事和唐伯虎诗意加以脱化改造，写进了自己的小说。当然，《红楼梦》是一部内容丰富得多的作品，无所谓模仿前人的问题。只是两者之间的关系，颇令人觉得有趣。

伤花惜春的感情，在中国文学中已经出现过无数次了。但为此而恸哭，特地拾落花盛锦囊而埋葬之，诗非要写到淋漓尽致方肯罢手，确是有些异乎寻常。由此可以想到，唐伯虎轶事与《红楼梦》故事之间，应该有一种更深的联系，这就是时代的伤感气氛。强烈的、普遍的伤感情绪，通常既不会出现在思想统治很有效，人的个性变得麻木的时代，也不会出现在新的社会力量具有充分自信的时代，而只是出现在个性已经觉醒，却无法与旧势力对抗而看不到出路的时代。明、清两代都有这样的特点。特别是清乾隆时代以曹雪芹、袁枚为代表的文学思潮，实际是明中后期文学思潮于明末清初一度遭受挫折以后再度复兴的表现。从这一点来说，不管有意还是无意，《红楼梦》重复唐寅行事，很有象征意味。当然，林黛玉是虚构人物。但是，文学形象也常常集中体现着作者的人生情绪。特别是《红楼梦》中的宝、黛二玉，更是充分诗意化的，时时可以看到作者的影子。

《落花诗》的主调是哀伤美的凋残陨落。娇艳的春花，美好的容颜，青春的生命，乃至帝王公侯的威势，一切曾经充满活力的存在，都会被无情的外在力量摧毁。

春归不得驻须臾，花落乃知剩有无。新草漫侵天际绿，衰颜又改镜中朱。应门未遇偷香掾，坠溷翻成逐臭夫。无限伤心多少泪，朝来枕上泪应枯。（其七）

花落花开总属春，开时休羡落休嗔。好知青草骷髅冢，就是红楼掩面人。山屐已散休泛蜡，柴车从此不须巾。仙尘佛劫同时尽，坠处何须论厕茵？（其二十二）

春去难留，落英无数；今日红楼少女，明日青冢枯骨。不但是生命自然的凋谢，为命运所播弄的人们，也无法把握自己，就像枝头的鲜花，坠茵落溷，一任清风了。

《红楼梦》写黛玉不愿宝玉把落花撂入池中，怕花儿随水流到有人家的地方，“脏的臭的混倒”，与唐寅诗叹息花坠粪池，同是一个意思。黛玉《葬花诗》中“明媚鲜妍能几时，一朝飘泊难寻觅”“试看春残花渐落，便是红颜老死时”，同样表现着哀伤美好事物凋残陨落的基调。根本上，整部《红楼梦》就是一支以此为基调的哀歌。按照从脂批所见曹雪芹的写作原意，十二钗、大观园、荣宁二府、四大家族、金玉良缘、宝黛深情，无不一一走向破灭，只“落得个白茫茫大地真干净”。说《红楼梦》有批判政治的意思，恐怕是自说自话，它只是于哀悼中追恋着美。

面对美好事物的毁灭而无可奈何，往往就带来寂寞的心境。《落花诗》中“多少好花空落尽，不曾遇着赏花人”“烧灯坐尽千金夜，对酒空思一点红”“长洲日暮生芳草，消尽江淹黯黯魂”“满堂欢笑强相陪，别有愁肠几日回”“恻恻凄凄忧自惔，花枝零落鬓丝添”，都是这种心境的反复写照。黛玉《葬花诗》也一再说“花谢花飞花满天，红消香断有谁怜”“杜鹃无语正黄昏，荷锄归去掩重门。青灯照壁人初睡，冷雨敲窗被未温”。其实，曹雪芹安排黛玉住“潇湘馆”，就是深有意味的。“潇湘夜雨”在中国文艺中从来就是萧索凄凉的诗情或画意。曹雪芹自己写作《红楼梦》的过程中，也是深感人生寂寞，所以他自题一绝：“满纸荒唐言，一把辛酸泪！都云作者痴，谁解其中味？”

万物生生灭灭，永无休止，原是宇宙的法则。于毁灭之中，有人看到人生的顽强，有人看到人生的无奈。这不仅是个人的问题，也取决于社会与历史所提供的条件。但即使处在无奈之中，文学家仍然把讴歌美作为自己的责任；即使他们唱的是哀伤的歌，仍然唤起了人们对于美好事物不可遏制的向往。因此，他们是值得感激的。

附注：唐寅葬花与《红楼梦》中林黛玉葬花故事的关系，俞平伯先生很早就有所注意，笔者写这本小书时未见，今特予注明。

歌唱《莲花落》

《莲花落》是一种民间俗曲，以竹板或鼓打节拍。旧时乞儿行乞，常唱此曲，明清时也有民间艺人用来演出，内容大抵以劝人行善积德为主，兼及描述世俗情态。

据说唐寅常扮作乞丐，在外嬉游。有一则记载说，唐寅某日扮作乞儿，正遇一群文士登山赋诗，便上前开玩笑，要求唱和。诸文士觉得有趣，便让他写一首。唐寅下笔大书“一上”两字，回头便走。从人把他追回，要他写完。唐寅又写“一上”，不肯写下去，说是喝了酒才有好诗。众人大笑，答应给酒喝，但作不成诗，须受处罚。唐寅喝了酒，接书“又一上”三字。众人绝倒，逼他写完。唐寅写第二句，还是“一上”，又讨酒喝。

而后一气到底，是一首绝句：

一上一上又一上，一上上到高山上。举头红日白云低，五湖四海皆一望。

这首诗不能说特别好，但气派不小，从极俗的词句归结到天高地远的境界，更不容易。不管是否为唐寅所作，跟他的诗歌风格确有相近之处。另外，前文曾引蒋一葵《尧山堂外纪》，说到唐寅扮乞儿讨钱，还唱着《莲花落》。那些传闻轶事，都无法证实其真伪。但唐寅落拓不羁，扮作乞丐的事情，未必全是虚构的。在他的诗里，就有几处提及自己“纳衣乞食”的行径，还自以为荣。同时，他对各种民间俗曲，包括《莲花落》在内，显然很熟悉。《唐伯虎集》所存诗作，凡题为“歌”的，共十余篇，都写得浅显如白话，尤其是《一世歌》《一年歌》《百忍歌》《解惑歌》等，专说浅近的做人道理，带有讽世意味，又全是俚词俗调，跟一般文人雅士的作品，相去甚远。稍晚于唐寅、嘉靖时执诗坛牛耳的王世贞批评他“如乞儿唱《莲花落》”，主要指这一类俗歌。

《一世歌》同《一年歌》是相互配合的两篇，说人生好光景无多，当及时行乐。前篇开头是：“人生七十古来少，前除幼年后除老。中间光景不多时，又有炎霜与烦恼。”中间发以嘲谑：“世人钱多赚不尽，朝里官多做不了。”最后归结道：“草里高低多少坟，一年一半无人扫。”说完“一世”，再说“一年”：

一年三百六十日，春夏秋冬各九十。冬寒夏热最难当，寒则如刀热如炙。春三秋九号温和，天气温和风雨多。一年细算良辰少，况又难逢美景何？美景良辰倘相遇，又有赏心并乐事。不烧高烛对芳尊，也是虚生在人世。古人有言亦达哉，劝人秉烛夜游来。春宵一刻千金价，我道千金买不回。

两首诗好像在做减法运算：一生中，除去年幼、年老、睡梦、烦苦、冬寒、夏热、风雨、无美景、无情趣，还剩下多少时光可供享受呢？难道值得为任何东西牺牲人生的快乐吗？一句句大白话，竟说得人惊心动魄。

人生短促，世变无常，当及时行乐，这是从东汉年间的《古诗十九首》就开始唱起的古老的调子，在后来的诗歌中，又见了无数次。但是，对个人来说，生命是茫茫的过去与未来之间仅有的一段存在，如何度过它，永远是新鲜的问题。文学总是不断地以具体的个人体验和新的语言形式来表现这一永恒的主题。

唐寅自科举失败以后，曾反复考虑人生出路的问题。他在《与文徵明书》中，表示要从事著述，说：“若不托笔札以自见，将何成哉！”这仍是士大夫建树自我的传统途径。但他很快就自我否定了。袁袠幼时与唐寅有过交往，他在《唐伯虎集》序中转述了唐氏的想法：自己已经蒙受耻辱，为伪善的缙绅阶级所不齿，想要立功立言，谋图不朽，只是“徒增垢辱”罢了。“且人生贵适志，何用刿心镂骨，以空言自苦乎！”因此，这两首歌，不能简单地从宣扬及时行乐一面看，还要看到作者对缙绅阶级的叛离态度，对他们的价值观的唾弃。既然自己不再同这个统治阶级站在一起，又何必为不能“马革裹尸”“立言不朽”而苦恼！由此转向讴歌生命本身的可贵，通过宣扬及时行乐，抗拒社会公认价值对个人生命的强迫。

在等级社会中，不同的等级群体在语言上也各有区别。至于典雅的诗歌，更是中国士大夫的文化标志。唐寅出身于商人家庭，但当他成为“解元”（乡试第一名）时，已经步入缙绅阶级的优秀者行列。对那种典雅的语言形式，他当然熟悉得很。然而，一旦从缙绅的行列中走出来，并且自觉地在思想方法、生活态度上与之相排拒，在艺术趣味上有时也干脆来个大叛离，用自己同样熟悉的俚俗歌调从事创作，唱一曲自由自在、犹如《莲花落》的歌。

从诗歌本身来评价，这两首歌自然有缺陷，譬如不够精致，内涵太浅。但作为平民文化对士大夫文化的冲击，仍然有重要的意义。况且它也不是毫无长处。因为用了俚俗的语言，显得自由活泼，对人生的可贵，说得远比前人透彻、清楚。

王世贞是贵胄子弟，本人又是官僚，所以尽管他佩服唐伯虎的才气，却讨厌这样的诗歌。

贫贱者的高贵

中国的明代中叶，相当于西洋文艺复兴时期，与西方一样也出现了具有近代特色的个人解放思想意识。虽然，依赖于血缘关系而获得特殊地位的贵族阶级在中国很早便消失了，但官僚制度仍然把人群划分为不同的等级，只是较有弹性罢了。所以，要求平等，仍然是个人解放的先决条件。这种要求，在唐寅等人的诗中，已经很清楚地表现出来了。尽管他们的思想没有达到西洋的个人主义学说那样透彻而强有力的境界，但在中国历史上，仍然是新鲜而值得注意的东西。

唐寅的《寿王少傅》诗，是为王鏊的寿辰而写。王鏊也是苏州的一位诗人，论辈分，他是唐寅的师长；论政治地位，更无法相比了，王鏊官做到吏部尚书、文渊阁大学士，加太子少傅衔。明代官制不设宰相一职，由大学士代皇帝起草诏书并协助处理政务，其身份相当于宰相。而唐寅虽中过举，却已失去功名，只是个平民了。但他的诗却写得如此桀骜不驯：

绿蓑烟雨江南客，白发文章阁下臣。同在太平天子世，一双空手掌丝纶。

“丝纶”在诗中有双关意义：一是指钓鱼的丝绳，一是指皇帝的言论。后者出于《礼记》：“王言如丝，其出如纶。”意思说帝王的话初出口时很细微，施行于世，就变得强大有力了。诗的前两句将自己与对方并举，一句说自己浪迹江湖，不为世所用；一句说对方乃是朝廷元老，为皇帝起草诏书的内阁大臣。既然彼此的地位如此悬殊，照理应该诚惶诚恐地向对方表示极高的崇敬，才符合公认的规矩。但诗的后两句，却巧妙地利用“丝纶”的双关意义，把自己和对方放在同等地位上。当然，这样说带有开玩笑的意思。但开这样的玩笑，正是要表明：作为平民的自己面对作为宰相的王鏊，并没有自惭形秽之感。

在“三笑”故事中，唐寅是扮作书童去追求秋香的，这好像有些“自甘下贱”的味道。但是，恐怕唐寅并不认为书童就一定下贱。故事传说有可能不合真实，但根据同时代人的记载和唐寅本人的诗，他常扮作乞丐却是真实的。这不仅是对缙绅阶级的嘲戏，联系本诗来看，无疑可以这样认识：乞丐也好，文人也好，宰相也好，作为人，都是平等的。在民间流传了许多关于唐寅的故事，反映着普通市民对他的喜爱，其重要的原因之一，也许就在于唐寅具有鲜明的平等意识。

唐寅的另一首绝句，题目很长，等于是一个小序：《风雨浃旬，厨烟不继，涤砚吮笔，萧条若僧，因题绝句八首，奉寄孙思和》。八首诗大多是说因字画的销路不佳，又加连日风雨，生计发生困难，只好苦中作乐。其中第五首特别有气派：

领解皇都第一名，猖披归卧旧茅衡。立锥莫笑贫无地，万里江山笔下生。

乡试的第一名俗称“解元”，唐寅所参加的应天府乡试在南京举行，所以首句自称“领解皇都第一名”。这以后因会试舞弊案的牵连被罢黜，回到旧茅屋中过着“猖披”即放狂的生活。他没有什么私产，可以说是“贫无立锥之地”，但他有一支画笔，“万里江山笔下生”，他仍是富有的。这一句的含义，绝不仅仅是说自己能够画出无限广阔的江山。从“万里江山”

这个词，很容易使人想起《诗经》中那几句被人们反复引用的话："溥（普）天之下，莫非王土；率土之滨，莫非王臣。"帝王拥有整个国家和所有的臣民，无疑是最富有的了，但唐寅却偏要说：我也拥有一个世界，一个艺术的世界。

本来，要求尊重个人自由的思想，傲视富贵的态度，很早就有了。但仔细审辨，情况并不一样。魏晋南北朝是中国历史上一个个性解放的时代，但这种个性解放，主要是发生在贵族阶级的范围内。陶渊明"不愿为五斗米折腰"，同他引以为豪的家族血统有密切关系（他是东晋大司马陶侃的后人）。李白是很骄傲的，但他并没有多少根据，就常常与李姓皇家攀扯同宗，同样可以看到等级意识的影响。像唐寅那样，毫无凭依，既把自己等同于乞丐，又把自己等同于宰相甚至皇帝，是明代市民社会中才有的现象，是一种类似于"个人主义"观念的产物。这种新的观念给古老的诗歌灌注了生气。读唐寅的这两首诗，可以感受到：所谓贫贱者，依然有着高扬的人格；又可以意识到：任何个体生命，只要不屈从于他人，都是可珍贵，可骄傲的。

生死之际

有生必有死。当一个人即将走入“死”这个深不可测的黑暗疆域时，必然要对“生”的世界做出最后的回顾。而各人的感受，所想到的问题，多少有些不同。诗人常在临终之际写下绝笔诗，从中不仅可以看到作者的品格和人生观，而且透露出特定的时代气氛，是一种很有意思且发人深思的作品。所以，在谈论唐寅之前，不妨先读几篇前人的同类诗篇，既扩大视野，亦可作为比较的材料。

现存的这一类诗歌，大概要算项羽的《垓下歌》为最早。他一生所向披靡，一度拥有四海，最终却被刘邦的大军围困于垓下。项羽自知灭亡在即，夜饮军帐，慷慨悲歌：

力拔山兮气盖世，时不利兮骓不逝。骓不逝兮可奈何，虞兮虞兮奈若何！

这是英雄末路之歌。项羽一开口就高度赞美自己，描绘自己有如天神。作为英雄，他不相信任何世间的力量能够击败自己，只能把失败归诸“时”，即天时、命运。面对着死亡，项羽并不畏惧，他只是悲哀自己再没有力量保护心爱的女人，因而向虞姬长叹：“虞兮虞兮奈若何！”这个有名的“霸王别姬”的故事，实际意义主要并不在爱情，而是英雄彻底失去了一切，连他的女人在内。

和项羽同时代的人物，很多具有英雄意识：陈涉耕作于田亩，发出了“王侯将相，宁有种乎”的惊人之语；刘邦游手好闲，见秦始皇威风凛凛，敢说：“大丈夫当如是也！”陈平为乡里父老分肉，想到切割天下也不过如此之易；韩信还在乞食，就预料将有万户人家为他母亲守墓，挑选了一块四周宽广的坟地……项羽就是这个英雄时代的佼佼者，当然至死也不服输。《垓下歌》的背后，隐藏着如此的骄傲和自信。如果不是无法理解的命运，他是应该可以拥有一切的。

但富于理性、深于思辨的陶渊明，面对死亡所想到的，却是人与整个世界（包括他人）本质上的疏隔。死不过证明：人从来没有，也不可能拥有任何东西。下面是他的《拟挽歌辞三首》中的第三首：

荒草何茫茫，白杨亦萧萧。严霜九月中，送我出远郊。四面无人居，高坟正嶕峣。马为仰天鸣，风为自萧条。幽室一已闭，千年不复朝。千年不复朝，贤达无奈何。向来相送人，各自还其家。亲戚或余悲，他人亦已歌。死去何所道，托体同山阿。

“挽歌”是送葬时所唱哀悼死者的歌，但陶渊明不相信一个人会为另一个人的死怎么悲哀，便自己先给自己唱一支挽歌。他预料肃杀的九月将是自己的死期（结果死于当年十一月），想象别人给自己送葬的景象：马似乎还有思主之情，风却是自管吹个不停。至于送葬的人们，在葬礼上莫不痛哭流涕，事后也就照旧度日。亲戚（古时专指近亲）也许还有一点余哀，他人回到家便唱起了快乐的歌，而死者从此与山陵大地混同一体，永归寂寞。这实际是以死观生，因为死彻底显示了人同世界的疏隔。日常中人们总是以“我”为中心审视一切，用习惯语言表示，是“我”的家乡、“我”的朋友、“我”的亲人……但陶渊明要说：没有任何人或物属于“我”。

宋代陆游的绝笔《示儿》是很有名的：

死去元知万事空，但悲不见九州同。王师北定中原日，家祭无忘告乃翁。

在陆游留下的大量诗歌中，有两种情调很不相同的作品：一种以闲逸散淡的笔调描绘他在乡村的安适生活；一种以慷慨激昂的笔调抒发他的爱国之情，尤其是对收复中原的渴望。显然，他在前一种生活中无法确认生命的价值，只能把自己的人生同一个更大的事业联系在一起。所以在临死前，他想到的最大问题不是自我生命的结束，而是中原尚在金人的统治下。这里体现了宋代士大夫的人生态度：在日常生活中，他们是偏于享乐的；但对于人生最终目的、价值的认识，却是从国家、民族、政治、道德等立场出发的。

至于唐寅，他只是一个以自己的艺术才能谋生的文人。按照旧的价值观，他是失败的，但他也获得了一种新的、植根于市民社会的成功。在临终之际，唐寅怎样看待自己的人生呢？存世的唐寅绝笔诗，有两种不同的版本，一种收在《唐伯虎全集》中：

生在阳间有散场，死归地府也何妨。阳间地府俱相似，只当漂流在异乡。

另一种收在附录于全集的《燕中记》中，文中说，这才是唐寅最后的定本。也许唐寅先写了前一首，后来加以修改，成为下面的样子：

一日兼他两日狂，已遇三万六千场。他年新识如相问，只当漂流在异乡。

比较起来，后一首更有意思。唐寅常把七十岁作为人寿的基数，但他只活了五十四岁。然而换一种算法，因为自己一日兼有他人两日之“狂”，那么差不多也等于别人的一百岁（三万六千场）了，并不算短寿。就像现在人们常把一个人完成的事业作为衡量其生命价值的尺度，唐寅在这里用“狂”来衡量人生。由此而论，一个人倘从未“狂”过，那简直是不曾活过，即使他有一百年的自然寿命。

那么，“狂”真是大可计较。“狂”到底意味着什么？在中国历史上，“狂”常被用作肆意直言的掩饰。当一个大臣想要对皇帝做激切的批评时，便会自称“狂愚”，如魏徵对唐太宗说："狂夫之言，圣人择焉。"同样，任情而发、不遵规度的生活态度，也被称为或自称是"狂"。李白说："我本楚狂人，凤歌笑孔丘。"两者合起来，再考察唐寅的一生，可以明白地说：他所自诩的"狂"便是真诚的、自由的生活。这样活过五十多岁，胜于别人的一百岁。

不管人们是否赞成唐寅，当他把"狂"视为人生价值的尺度时，至少表明：这个时代确实与过去不同了。

文徵明：满头尘土说功名

石湖清景

石湖是苏州一带最有味道的风景区，它的水面不很开阔，却也不觉狭小，透过渺渺的波光可以看见湖岸的婉曲变化。湖水较浅，种植着大片的菱、藕、莼菜，把湖水映得同碧玉一色。湖的一面是平野，平野中青翠的树木环抱着一座座白墙红瓦的房舍，另一面则是连绵起伏的山峰。石湖没有什么奇特的地方，它的美在于色彩丰富而统一于绿色的基调，线条多变而统一于委婉的韵律，很漂亮，又很娴静，有一种天然清丽之质。

翻开文徵明的集子，可以看到他对石湖有着特殊的偏爱。他写石湖景色的诗，有三四十首，春夏秋冬，晴雨雾雪，日光月色，无所不有，可见他常在石湖流连忘返。五十四岁时，文徵明在久试不第之后，被工部尚书李充嗣推荐给朝廷，授翰林院待诏（最低级的事务官），所作思乡怀归的诗，也不断地提到石湖。以前南宋诗人范成大在石湖旁建造了别墅，并自号“石湖居士”，但他对石湖的迷恋，也不及文徵明之深。

对某种自然景色的偏爱，以及这种偏爱在诗歌中的表现，与诗人的个性有显著关系。譬如，南朝刘宋时代的鲍照，是一个欲望强烈、以才华自负的人，却因为士族垄断政治权力而难以上达，内心激荡不平，因而他笔下展现的自然景物，常常是不稳定、不平衡的，甚至连静景都带有尖锐的刺激感。像“高柯危且竦，锋石横复仄”“攒楼贯白日”“悬崖栖归月”等，都反映出他的特殊心态。读“黄河之水天上来，奔流到海不复回”“飞流直下三千尺，疑是银河落九天”，也很容易感受到李白狂放而天真的性格。唐寅的《桃花庵歌》，也说到他为什么喜欢灿若云霞的桃花。

那么文徵明为什么特别偏爱石湖风光呢？其中也有个性的因素。在本书所谈及的四位诗人中，文徵明最为温文尔雅。他虽然同祝允明、唐寅关系极密切，却不像他们那样狂诞纵放、不拘礼法，而是举止谨重。但文徵明并不是一个坚守陈旧道德教条的人，他的感情同样是丰富而活跃的，他的思想也同祝、唐相一致。只是他善于控制和调节自己的感情，避免与社会规范发生直接的冲突，性格也不是很强烈，所以在行为上表现出来，就显得温恭谦和。就像石湖的风光，既丰富多彩，鲜丽媚人，又和谐清淡，娴静温柔，不带明显的刺激感。这种微妙的相似，大约就是文徵明迷恋石湖的原因。

文氏关于石湖的诗很多，这里只取一首为例，这首诗的题目就叫《石湖》：

石湖烟水望中迷，湖上花深鸟乱啼。芳草自生茶磨岭，画桥横注越来溪。凉风袅袅青蘋末，往事悠悠白日西。依旧江波秋月堕，伤心莫唱《夜乌栖》。

诗中的“茶磨岭”是石湖之旁的一座山峰，“越来溪”是流入石湖的一条河流，河上有桥。这是一个春天，远望湖水深处，雾气与水波融成迷茫的一片，湖边各色花儿开得正盛，花丛中群鸟号啼；近处的山坡上，无人管问的野草欣欣然地生长着；越来桥下，河水同样流得自在活泼。春天的世界充满生机，令诗人迷恋，直到晚风轻轻地从湖面飘起，带来凉意，直到白日西下，明月又在水面沉落。这夜的月亮却是跟去秋的月亮一样，令人产生许多感慨。

在这首诗里，没有浓重的色彩、鲜明有力的线条、强烈的动势。虽是写春天生机勃勃的景色，却是笼罩在一片柔曼的气氛中，如同一支优美而和缓的曲子，尽管流动不停，却有安静的感觉。只有“湖上花深鸟乱啼”一句稍显得热闹一些，但并未具体描摹其色彩与声音，不至打破全诗的和谐。这就是所谓“清丽”的景色。

然后再体味诗中的情。“白日西”意味着一天时光的流逝，从眼前之月联想到去秋之月，意味着一年时光的流逝。《夜乌栖》即《乌夜栖》，因平仄的规定而颠倒一字。这是一支古老的乐府歌曲，但诗中只是用其字面意思，以乌鹊夜栖反衬人生无所着落之感。

文徵明写这首诗时四十多岁。他年轻时气盛志锐，思以文学自立，不爱科举文章。后禀父命习举业，却不肯专心一志，仍想在文史方面追踪古人，有所成就，因而被同辈讥为“狂”。由于精力两分，结果是“彼此皆无所成”，匆匆将老（《上守溪先生书》）。这就是他面对时光流逝而想起的悠悠往事，是他怕听《乌夜栖》之曲，恐怕一生无所着落的原因。

人既是自由的存在，又是被环境决定的存在，说得更准确一点，是自由意志与环境限制相互冲突的存在。陷落在这一冲突中不能自拔，是极其痛苦的。就内在的“狂”，即高自期许的人生态度来说，其实文徵明与祝允明、唐寅并无不同。不同之处在于：当感觉到失败的阴影时，文徵明不愿纠缠在毫无出路的矛盾中，不愿听任感情的波涛冲荡不息，而希望寻得一种稳定。美是人生的安慰，尤其是石湖那种清丽温和的景色，更有治疗焦虑、澄清心志的作用，于是他就爱上了石湖，反复地描摹它，将清丽之景再造为清丽之诗。虽然，石湖的景色并不能令他全然忘却人生的悲哀，但正像这首诗所呈现的，那种悲哀已经转变为渺眇悠长的伤感，而不是激烈的痛苦。

如果有机会去苏州，不妨一游石湖。尤其是细雨靡靡的时节，坐在茶磨岭的茶楼上，泡一杯好龙井，遥望烟水迷茫、连天碧色之中，点缀着红白交杂的花朵，真是可以洗去许多人生的烦恼。

朋友之间

“不知其人，视其友。”这是在司马迁《史记》中记载下来的一条古老谚语，意思说：若不清楚某个人的品性，可以看他交的是什么样的朋友。这话说得很有道理，但不能理解得太死板。以文徵明和唐寅来说，虽是最要好的朋友，彼此的性格、行事却差得很远。唐寅为人放浪不羁，尤其是科场案以后，更把缙绅阶级的风雅体面丢在一边，只求自适，特别在女色方面，沉溺很深，他自称是“笙歌队中醉千场”。文徵明的为人，则要严谨得多，据说是一生不近二色。这即使有些夸张，至少也能说明他在这方面绝不随便。有一则记载说，祝允明、唐寅为了同文徵明开玩笑，某一天特地召请了一群花枝招展的歌妓，安排下酒席，然后派人请文徵明赴宴。文徵明来到以后，歌妓便按照事先商量的法子上前纠缠，把文徵明吓得魂不附体，连忙爬墙逃走。

像唐寅那样的风流行径，当然不值得赞赏。但也要看到，在以前的社会中普通男女之间缺乏正常交往的机会，男子往往只能在妓女中寻求感情的满足。而且，唐寅的行为，也包含了与禁锢人性的虚伪道德相对抗的意识。这是旧道德破坏过程中难以避免的历史现象。

文徵明立身行事既与唐寅如此不同，他们怎么能结成那样深厚的友谊？文徵明又是怎样看待这位放浪的朋友？在他写给唐寅的两首诗中，可以看到两位文艺家除了外在的差异，还有更深的内在的相似，以及彼此间的相互理解。一首题为《简子畏》（“简”犹“寄”，子畏是唐寅的字）：

落魄迂疏不事家，郎君性气属豪华。高楼大叫秋觞月，深幄微酣夜拥花。坐令端人疑阮籍，未宜文士目刘叉。只应郡郭声名在，门外时停长者车。

“落魄迂疏”“性气豪华”写出唐寅豪放而不善于机巧的性格，以及因此而为世人所弃的遭遇。继而描摹唐寅在秋月映照的高楼上举杯狂呼，酒醉之后在深深的帷幄中拥着青楼女子嬉戏，并以阮籍和刘叉比喻他的行止。阮籍是魏晋之际的哲学家和诗人，“竹林七贤”的首要人物。他因不满司马懿父子一面阴谋篡夺，一面鼓吹礼教，干脆以蔑视礼教、纵诞放任的姿态表示反感。刘叉是唐代诗人，为人豪放热情、刚直任侠。这些描写，揭示了在唐寅的放浪行为之中，深蕴着巨大的痛苦与无奈，以及对社会统治力量表示蔑视的态度。显然，文徵明很清楚，唐寅的行为，是一个天赋极高、真诚热情的人受畸形社会压迫的结果。

同样，文徵明也理解，唐寅是一个多情的人。尽管他的感情不能专注，常常转移，但他的感情是真实的。在题为《月夜登南楼有怀唐子畏》的绝句中，文徵明以美好的笔调描述了唐寅与青楼女子的交往：

曲栏风露夜醒然，彩月西流万树烟。人语渐微孤笛起，玉郎何处拥婵娟？

通常文徵明诗中的景物，色彩是偏于清淡的，这同他平静温和的性格相应。但在这首诗里，皎洁的月亮被描绘成“彩月”，它散射出朦胧幻迷的光流，飘荡在千万株树枝间，当这城市渐渐沉静的时刻，一支笛子吹奏起悠悠的音乐，那是从唐寅的身边传来的吗？这位俊雅风流的朋友，又在什么地方依偎着美丽的姑娘？在这诗中，散布着温馨而绮靡的情调。

选出这两首诗来，并不是为了谈论唐寅，而是为了更深刻了解文徵明。文学是感情的表现，即使作者是在描述他人的生活，仍然可以看出作者自身的感情倾向。特别是文徵明这样的诗人，由于在表现自身感情生活时，多取节制的态度，透过他笔下的唐寅，反而更能够窥见他内心不常表露的一个侧面。可以说，这也是“不知其人，视其友”的办法。

文徵明虽然持身颇严谨，但他所交的朋友，却多为放达之士。如果不是思想一致，这种交往是困难的。他的朋友当然也理解掩盖在文徵明平和的外貌之下的内在精神，这样才能彼此相得。唐寅《送文温州序》说，他和文徵明“尚好不同，外相方圆，而实有埙篪之美”。埙、篪是两种乐器，《诗经·大雅·板》有“如埙如篪”一句。唐寅就是借用《诗经》的成句，表明他们两人虽然外表有很大差异，内在情感却是十分和谐一致的，如同两种乐器演奏同一支曲子。文徵明在为好友钱同爱写的墓志铭中，说钱氏以豪杰自命，阔达而无所拘检，对文徵明行为上的规矩局促，似乎有些看不起（“若所不屑”），但情意特别亲近（“而意独亲”）。这和唐寅的态度也是一样的。

再回到文徵明赠唐寅的两首诗，不仅表现了对唐寅的放达生活的理解和肯定，更有一层欣羡的意味。他把朋友的狂诞不羁的形迹写得那样美好，似乎是证明了，尽管他自己难以那样自由放任地生活，但心中确实有那样的向往。

外力的驱迫

人是在多方面的限定中生活的。社会规范、习俗，是人们不能不接受的东西；人们怎样选择人生目标，也受到社会共认价值的约制。如果是一个缺乏敏感的人，他会觉得人生本该如此，无所谓外力的驱迫。相反，如果是一个敏感而个性强烈的人，他会处处与外界力量相对抗，这非但造成许多痛苦，而且往往导致悲剧的命运。

文徵明则代表了另一种情况。他很随和，并不是一个常常与外界力量相对抗的人；但又很敏感，总是在寻常的生活事件中意识到为外力所驱迫的无奈。随和其实是他对驱迫的顺应。所以，在文徵明的诗中，常以淡淡的笔调，夹着几分幽默，几分自嘲，抒写人生的不得已。虽然无法断语这是不是一种可取的处世态度，但可以说是一种颇为微妙的人生体验。

《元日书事》共两首，其中一首说拜年的习俗：

不求见面惟通谒，名刺朝来满弊庐。我亦随人投数纸，世情嫌简不嫌虚。

“元日”即旧历新年正月初一。明人陆容《菽园杂记》载：“京师元日后，上至朝官，下至庶人，往来交错道路连日，谓之拜年。如东西长安街，朝官居住最多，至此不问识与不识，望门投刺。有不下马，或不至其门，令人投刺者。”这可能是关于拜年习俗的最早记载。不过，当时的习俗与现在不同，似乎大多并不与主人见面，只要把名刺（相当于今之名片）投到主人家中就行。据陆容所说，投刺的人有的与主人根本不相识，这显然是拉关系了。

文徵明的诗由此而发。这一个元日，又有许多人送来拜年的名片，几乎满屋都是。其实这不过是风行的习俗，常人也就随例而行罢了，他偏偏要想：这许多“不求见面惟通谒”的人，有几个是出于真情？人世间总是假客套、虚礼节居多。那么，既想到此，便做个真人如何？却又不妥，因为“世情嫌简不嫌虚”，虚情假意不要紧，礼节上有所怠慢却是得罪人的，免不得“我亦随人投数纸”。

其实不只拜年的事，人生世间，免不了扮笑脸跟人应酬，免不了违背本愿而依从习俗，说到深处，就是社会对个人的驱迫。任性而行，便是率简成狂，反添许多麻烦，人趋亦趋，想来又是可笑可怜。

下面一首是《行色》：

秋山马前空复横，马蹄不作看山行。悠然回首何处所，先心已到他州城。灯火匆匆鸡一声，贵贱贫富俱有程。相看一语出不得，细雨欲落空江明。

记述行旅的诗在中国由来已久，通常总要说明从何处到何处，描绘沿途风光，抒发思乡之情。这诗却特别，只说一路匆匆之色。开头写马前秋山重叠，但马蹄却走得疾，不容细细观景，从事理说，是人鞭马，马蹄才疾。但人又何尝是主动的？他也是被世事所驱，所以马蹄作为一种外力的象征，反而是主动的了。回首望去，来路悠长，方才所经的村落或市镇，已不知在何处，因而此时心情，又只想着快到前方的州城。到了又如何？又是一个夜晚，又是一声鸡鸣，又是一天路程。看看周围，无论贫富贵贱，各人都有自己的路要走，令人无话可说。只有眼前的江水，是那样澄明，人来人往，都与它无关。

说起来，人活一世，也是这一般“行色”。不知从何处来，又不知到何处去，就那么急急地赶：读书做工，生儿育女，求名求利，忽忧忽喜，便老死成灰。不过是贫富贵贱，各有一段路罢了。并不是人们真的要到什么地方去，只是不走不行。从前阮籍常驾车漫游，到无路可走，便痛哭而归，留下个成语，叫作“穷途而泣”。那是因为他在精神上不肯随和，总觉得人应该有一条完全由自己选定的路，可是他不知道那条路在哪里，所以他痛苦，他痛哭。文徵明则不然。所谓“贫富贵贱各有程”，人生的路不是自己可以决定的，但也要那么匆匆地赶吧！

最后要说的是《金陵客楼与陈淳夜话》：

卷书零乱笔纵横，对坐寒窗夜二更。奕世通家叨父执，十年知己愧门生。高楼酒醒灯前雨，孤榻秋深病里情。最是世心忘不得，满头尘土说功名。

这诗大约写在文徵明四十四岁那一年。陈淳是文氏世交之家的子侄辈（所以说“奕世通家”而自称“叨父执”），又是他的门生，中国艺术史上一位成就杰出的画家。师生二人在金陵（南京）的客楼上做长夜之谈，直到二更天，而他们最关切的话题却是“功名”。这一年是文徵明第六次参加应天府乡试，仍旧未能中举，心里很不平静。“满头尘土”，并不是写实，而是以行路为比喻，写出自己差不多有二十年为一个举人头衔而奔波，却仍归失败之后的委顿情态。其实，文徵明对举业没有很大兴趣，性情也算淡泊。并且，他在绘画、书法上的成就，在今人看来应足以自慰，绝对比一个举人的功名有价值。但他仍旧不能忘怀于此。因为什么东西最有价值，根本上是由社会决定的。在他那个时代，功名代表最高的价值，不获得功名即意味人生的失败。“满头尘土说功名”，是自嘲，也是自悲，同时又是接受社会价值观对自己的驱迫，并没有与此决绝的意思。

随便从文徵明的文集中找出了以上三首诗，却能够从几个不同方面反映出诗人对外力驱迫的感受，他对这一种驱迫的随和态度，以及在随和之中的无奈与辛酸。可以想见，这些内容的诗他是写了不少的。他正是生活在一个自由意识逐渐强化的时代，所以他具有对不自由处境的高度敏感。只是他知道对抗并没有出路，只好顺着走，一面写下这些淡淡自伤的诗。

以美人写花的意趣

诗人最早是用花来比喻美人的。尽管有这样的西谚：第一个以花比美人的是天才，第二个是庸才，第三个便是蠢材了，事实上，由第四个到第无数个，人们仍将不断地比下去。那句谚语的意思，只能理解为重视创新，反对因袭，不好死抠字面。否则，诗人想要不做“蠢材”也太难了。试想，人间最动人的是美女，自然界最动人的是鲜花，欲写美人，怎能不借用花的娇艳呢？问题只在比得新奇巧妙，不落俗套。

反过来，诗人发现了以花比美人以后，又发现可以用美人比花。中国南朝盛行咏物诗，许多咏花的作品，其中就有一些零星的句子，譬如梁简文帝《咏初桃》：“若映窗前柳，悬疑红粉妆。”便是说，那窗前柳树下初开的桃花，隐隐约约好像是一位盛妆少女。唐玄宗陪杨贵妃赏牡丹，召来李白写新词，其《清平调》三首，第一首以花比杨贵妃，第二首以汉成帝之妃赵飞燕比牡丹，第三首将花与美人合写，那是很有名的风流佳作。其中第二首如下：

一枝红艳露凝香，云雨巫山枉断肠。借问汉宫谁得似？可怜飞燕倚新妆。

这是说，牡丹的娇艳，连赵飞燕那样的美人也得凭借新妆才能与之相比。

到了宋代，这种写法就更多，也写得更细致。苏轼贬官黄州时，有一首咏海棠花的诗，其中两联十分漂亮：一联是“朱唇得酒晕生脸，翠袖卷纱红映肉”；一联是“雨中有泪亦凄怆，月下无人更清淑”。前者以美人喝酒后脸生红晕的微醉之色，比喻海棠花的娇艳，以美人之翠衣与肤色相衬的情状，比喻海棠红花与绿叶交映之美；后者则把雨中、月下的独株海棠，比作哀伤清绝的美女，写出某种特殊的情调。很明显的，这已经不是像李白那样做笼统的比喻，而是使用了奇巧联想、细致描摹的比喻。宋末词人王沂孙以善于咏物著称，以美人写花，也非常精美。如《庆春宫》咏水仙：“明玉擎金，纤罗飘带，为君起舞回雪。柔影参差，幽芳零乱，翠围腰瘦一捻。”他紧切水仙的特点，句句写舞女的轻柔灵巧，绰约身姿，几乎不知是花是人。

比喻是一种联想，诗人以花比美人时，也就是把花所具有的鲜艳、娇丽，以及它所引起的活跃情绪，赋予了美人。那么，以美人比花，也是为了让读者对花的欣赏，可以更加丰富吗？这方面的作用当然是有的，但另外还有些更复杂，更微妙的因素。

描写女性的美，特别是用切近的眼光、细致的笔触描摹女性体态形貌的美，常常存在两方面的障碍：一是社会道德方面的。在大多数历史条件下，这种描摹容易被看成是不道德的事情。譬如南朝的宫体诗，尽管在今天看来，并没有什么严重的问题，却一直被指责为放荡无耻之作。又如前引苏轼咏海棠诗句：“朱唇得酒晕生脸，翠袖卷纱红映肉”，如果真是写人，恐怕也要引起非议。另一方面，这种描摹，如果处理得不好是会引起某种刺激感的，从而失去审美观所需要的心理距离，破坏诗歌鉴赏的效果。

这样就容易明白了，许多诗以美人比花，特别是在喻体形象呈现得相当活跃、感染力甚强的情况下，尽管主题是花，实际的审美对象却是美人。但这一对象，因为有花的主题作为间隔，在写法上也要切合花的特点，总是若即若离，好像一个幻影，因而在道德上、心理上，都能保持一定距离，不致引起“罪”感和“欲”的刺激。

有趣的是，感情丰富而又注意自我节制的诗人，往往喜欢写花，喜欢用娇艳美丽的女性形象比喻花。就以苏轼来说，就是相当突出的例子。文徵明的情况也是如此，下面就来读他的《钱氏西斋粉红桃花》：

温情腻质可怜生，浥浥轻韶入粉匀。新暖透肌红沁玉，晚风吹酒淡生春。窥墙有态如含笑，对面无言故恼人。莫作寻常轻薄看，杨家姊妹是前身。

在这首诗里，一株桃花被当作一位娇艳、温柔而又清雅的女子来描写。它的特点，是始终切合咏桃花的主题，同时完整地写出一个女性形象，而不是片断的比喻。首二句写“她”的气质与风采：“她”温情、细腻，令人怜爱，滋润而又轻柔的春光均匀地融入“她”的脂粉，散发出迷人的光彩（这里关合桃花的粉色）。三、四句写“她”的肌肤与面容（关合桃花的红艳），是从苏轼咏海棠的名句脱化而来，但写得更细致：因为天气晴暖，“她”的肌体内有一种鲜丽的红色渗透到玉一般的皮肤表层；脸上的红，则是因为喝了点酒，又被晚风吹拂的缘故。五、六句从动作、情态着笔，最能传神：“她”从墙头上探出身来，微微摇曳，似笑非笑（关合桃花临风的形状）；但若走到“她”的面前，“她”却故意不言不语，叫人苦恼。由于一向有“轻薄桃花”的说法，末两句又特地声明：“她”可不是轻薄女子，高贵的杨贵妃姊妹是“她”的前身。

这诗当然可以作为单纯咏桃花的诗来看，但实际引动读者感情的，却是用作比喻的女性形象。这样的女性，也许是文徵明心里很喜欢的，不过他是个温文尔雅的君子，在他现存的一千四百多首诗词，甚至包括属于俗体的、拘泥较少的散曲中，都看不到直接用细致笔触描摹美女的作品。这种写法只是大量地出现在咏花之作中，像“娇姿带笑情千种，弱质含羞意十分”“风前袅娜腰枝软，雨后斜倚体态轻”“云归巫女妆犹湿，浴罢杨妃醉未醒”，可以抄出很多来。终究，爱美之心，人皆有之，不宜写人，便移嫁于花了。

尴尬的功名

钟鼓殷殷曙色分，紫云楼阁尚氤氲。常年待漏承明署，何日挂冠神武门？林壑秋清猿鹤怨，田园岁晚菊松存。若为久索长安米，白发青衫忝圣恩。

中国自隋代开始实行科举制度，宋代以后，才真正完全以考试成绩选拔人才，给普通平民进入社会权力机构提供了机会。但科举也存在很多弊病，特别是明代，以程式固定、内容不出《四书》范围的八股文为专门的考试文体，许多读书人并不读书，只是成年累月地揣摩一篇几百字文章的做法、“代圣贤立言”的语气，弄得空疏无比。《儒林外史》所写的那一位有名的范进，中了举再中进士，又当了一省的学政，却不知道苏轼是什么人。并不是小说家的夸张，明末思想家顾炎武就曾记载，有的举人连司马迁是谁都不知道。

至于一些真正有学识、有才华的人，当然有可能在科举上获得成功，但也说不清为什么，同样可能永远不会成功。本书所谈及的四位诗人，无不是当时人们公认的饱学多才之士，但其中只有唐寅在场屋中少年得志（后来的失足，又是另一回事），其余三人，祝允明三十三岁中举，再也没有中进士；文徵明、徐渭一生未曾考中举人。

文徵明十九岁进入县学为诸生（秀才），一直考到五十三岁，九次参加乡试，未能中举。这事在他诗里经常提到。一方面他感觉到科举的无聊，另一方面他也承认功名是难以忘记的东西。“功名无据频占梦”“满头尘土说功名”“业缘仍在利名间”，都是很真实又很辛酸的心理写照。只不过他说起这些事，语气总是很平静，不失温雅的儒者风度。

然而，当“功名”来到的时候，它对于文徵明来说却又成了令人尴尬的东西。明代制度，举人是做官的最低资格，但前途已不及进士，如祝允明以举人身份出任广东兴宁知县，就是一个僻远而贫穷的县份。个别年资深而又有文才的秀才，也可以经官员推荐给朝廷，称为“贡生”，而后由朝廷授给一定的官职。但这已是抚慰的性质，地位是很卑微的。文徵明于世宗嘉靖二年（1523）五十四岁时经工部尚书李充嗣推荐，被任为翰林院待诏，官秩为从九品，即官员等第中最低的一级。京城中“蔼蔼皆王侯”，翰林院尤其是一个进士考试的优秀者修习朝廷制度，准备出任国家高级官职的地方。一个不起眼的“待诏”，在这里真是寒酸无比。文徵明不仅年岁老大，并且已经是江南文坛的领袖人物。他的社会声誉、实际才能同他在官场中的地位，形成奇怪的比照。所以文徵明尽管在翰林院受到杨慎（他是一个状元）等官员的敬重，却一开始就未存久留之意，在京三年，便再三上疏求归。这一段时间所写的诗，大多围绕着自己在官场中的尴尬处境和思归的心情。

这里选了一首写早朝的诗。参与早朝，面谒君王，从来是文人引为荣耀的事情。唐代贾至写过一首《早朝大明宫》，同时在朝的杜甫、王维、岑参都曾作诗相和，无不着意渲染宫廷中庄严华贵的气氛和侍奉皇帝的得意。虽然早朝也很辛苦，天不亮就要在朝房中等候，而且那些诗人对自己的地位不一定都很满意，但早朝作为身沐“天恩”的机会，在心理和习惯上是不允许轻视的。可是，文徵明在这首诗中，却是用委婉的语气发牢骚。因为在这种百官齐集、按品级排列的场合，他更强烈地感受到了屈辱和不平，而不是荣耀。

头两句写晨曦笼罩下的宫殿。“紫云”既是指早晨的云霞，也是指所谓“帝王之气”。这两句同一般的早朝诗没有多少异样。然而，紧接着颔联两句，却转为企望弃官而去的心情。“待漏承明署”，指在朝房中等待早朝时刻的到来；“挂冠神武门”，借用南朝梁代陶弘景辞官的典故。然后颈联两句，表达对家乡的怀念。“猿鹤”“菊松”都是隐居生活的象征物。由早朝而引起归隐之心，是一种违乎常情的心理，其原因就在最后两句的自责之辞中揭示出来，“久索长安米”，是借用唐代白居易的典故。白居易初到长安，谒见顾况，顾况拿他的名字开玩笑：“长安米贵，居大不易！”在这里是说自己在北京的生活相当清寒。关键是结尾的一句，“青衫”，明朝人专用来指秀才身份。文徵明是从九品官，按规定应该穿绿色的袍子，这里的“青衫”不是指身穿的衣服，而是说：自己头发都白了，还只是个秀才，蒙受皇家格外的恩惠，忝列朝官的末列，参与早朝盛典。两句诗的意思很简单，不过是说没有必要为了这么一个卑微的官职在北京久居，但“白发青衫忝圣恩”的表达却很微妙。表面上看来，好像是自惭无能，并对“圣恩”表示感激，但引出的问题是：为什么像文徵明这样的著名文士，会是“白发青衫”，蒙受了格外的恩惠，才得以从九品的官秩，尾随在百官之后？这到底是滑稽还是庄严？是屈辱还是荣耀？

这样的表达在文徵明其他诗中也可以看到。他第七次参加乡试失败以后所写的《失解东归口占》说：

七试无成只自怜，东归还逐下江船。向来罪业无人识，虚占时名二十年。

这里把两桩事实并举，一是二十年的声誉，一是“七试无成”的下场。但诗人不说“七试无成”是不合理的结果，却说二十年的声誉是“虚占”，是“罪业”。然而，言外之意，是人人都看得懂的，跟前一首诗一样，在委婉温雅的词句背后，隐藏着深深的不平。

从早朝感受到屈辱，是不太多见的写法，当然可以说这是因为文徵明的官实在太可怜。但同时必须注意到，诗人是用自己的社会声誉作为参照，才特别感受到身为从九品芝麻官的可笑与尴尬。这里包含着一个重要的历史背景：在明代的市民社会中，一种不同于以官职高低为衡量标准的价值观正在形成。虽然这种价值观还不能打破官位等级的权威，却已经跟它形成了冲突。从发展趋势来说，平民社会中的价值，如财富、文学艺术的成就等，最终是要打破等级制权威的。这样来看文徵明的所谓“尴尬的功名”，就有了更深的意味。

文士与渔父

在中国传统的山水画中，常可以看到在那高山脚下，绿波之上，泊着一叶扁舟，舟上坐一位头戴斗笠、身着蓑衣的渔翁，正安闲地垂钓。文徵明生长于太湖之滨，对渔人的生活应该是很熟悉的，他所绘有关渔父的画，仅从《文徵明集》所辑录的题画诗来看，数量就不少。这一类诗，既可作为文学作品来看，亦可从中推想画面的情形。其中有一首是：

青山叠叠倚晴霞，路转涧穷有隐家。渔父不知仙迹近，停桡谷口看飞花。

这首诗隐括了陶渊明《桃花源记》中的首节："晋太元中，武陵人捕鱼为业，缘溪行，忘路之远近。忽逢桃花林，夹岸数百步，中无杂树，芳草鲜美，落英缤纷。"画面的情形，应该也是世外桃源在即，房舍隐约可见，而渔人将入未入，流连于谷口的桃花林。在陶渊明的笔下，桃花源是一群避世的人聚居的地方，是他把隐逸生活理想化的产物。文徵明的诗、画都很巧妙，他不从桃花源落笔，却写渔父未入桃花源时，已有一番超脱尘俗的高趣，桃花源反而成了虚淡的背景。翻陈出新、新旧映衬的手段十分高超。

细心的读者或会提出：文徵明诗中的渔父，似乎跟《桃花源记》所写的渔父不一样，他本身好像就已经是隐士了。确实如此，也许文徵明还有一层言外之意：胸怀淡泊的人，未必需要遁入与世隔绝的桃花源。

其实，早在楚辞体的《渔父》（相传系屈原作）中，那一位劝屈原与世浮沉、明哲保身的渔父，已经是隐士的化身。此后，"渔父"在中国文学和艺术中，渐渐成为一种具有特定含义的形象，成为士大夫思想情感的载体。唐代张志和有一首著名的《渔父》词：

西塞山前白鹭飞，桃花流水鳜鱼肥。青箬笠，绿蓑衣，斜风细雨不须归。

这位神态飘然、襟怀洒脱的渔父，就很像自号“烟波钓徒”的张志和本人。还有柳宗元的《江雪》：

千山鸟飞绝，万径人踪灭。孤舟蓑笠翁，独钓寒江雪。

这位渔翁高傲孤独，凛然不可犯，也正是诗人自身的写照。大概，渔父钓鱼时，那种安闲若定的神态，颇有身世两忘的味道，令人体会到超脱尘世喧嚣的情趣，文士便用以表现自身的人生情感和审美爱好了。中国古画及诗词中关于渔父的作品如此之多，原因即在于此。无论是画或写渔父，实在以表现文士自身为主。

不过，借渔父以表现文士，在具体的作品中，还有隐和显的区别，要视作者的立意和爱好而定。在前面举出的几篇诗词中，数柳宗元的一篇最明显。他把背景写得极度广大寥廓、幽僻寒冷，已经背离了渔父日常的生活气氛，正是为了强调诗中的寄托：自己在政治上失意的苦闷和清高孤傲的性格。张志和的一篇，不像柳宗元那样刻意渲染，气氛较为轻松随和。只是他很注重诗中人物洒脱的气质，仍是属于“显”的写法。文徵明诗则在隐显之间。从字面上看，那位“渔父”逗留在溪谷口观赏桃花，并无什么特别之处，但因为有了“桃花源”做映衬，作者的用意也就隐含在其中了。他用的是借典故做曲折表现的手法。

更隐晦一些，那就是单纯写渔父的生活，不将自我放在其中。如文徵明《渔父》词中的一篇：

败苇萧萧断渚长，烟消水面日苍凉。鱼尾赤，蟹膏黄，自酿村醪备雪霜。

这是深秋季节，芦苇已然衰败，鱼蟹却正肥壮。渔父打开自酿的米酒瓮，烹鱼煮蟹，准备饱餐一顿，这是纯粹的渔家乐。诗中的渔父丝毫没有被文士化。但是，诗人对渔父生活的场面，却是经过选择的。好比摄影师的作品，看起来完全是客观的对象，甚至也未做特别的加工，但选择本身，已经渗透了作者的情趣。在这里，文徵明仍然把普通的渔家乐与文士所追求的避世之乐等同起来。

还有一种完全以观察态度描述渔人生活之艰辛的作品，其中的渔父才真正与文士无关，只是文士表现同情、借以思考社会问题的对象。唐寅有一首绝句：

朱门公子馔鲜鳞，争诧盘中一尺银。谁信深溪浪花里，满身风雨是渔人？

文徵明也有一首绝句：

小舟生长五湖滨，雨笠风蓑不去身。三尺银鳊数千鲤，长年辛苦只供人。

这种写富贵者不劳而获、劳者终年辛苦却无所得的作品，也是中国古诗的一种传统。像唐代孟郊的《织妇辞》，“如何织纨素，自着蓝缕衣”；杜荀鹤的《蚕妇》，“年年道我蚕辛苦，底事浑身着苎麻”，都是这样的写法。

同一题材，从不同的立意出发，或者用不同的手段来表现，就会呈现迥异的面貌，所以中国的古典诗词才如此丰富。

诛心之论

杭州西湖旁有座岳王庙，是游人必到的地方。庙内有岳飞墓园。正对着岳飞墓的墙根下，有三尊赤裸上身、双手反缚、低头屈膝的铁像，那是秦桧和他的妻子王氏以及参与制造冤狱的万俟卨。过去游人到此，都要往铁像上吐唾沫，表示义愤。跪像始建于明武宗正德年间，距今已有四百多年了。秦桧等三人挨了四百多年的唾骂，倘地下有知，不知作何感想？

其实关于秦桧是有话可说的。有的历史学家认为，南宋立国之初，力量微弱，根本不足与金人为敌，他竭力促成和议，这想法本身并不是没有道理。把这一点抛开不论，单说岳飞的冤案，也不能把主要责任归在秦桧头上。按照宋朝的集权制度，大权都在皇帝手上，相权则很有限。如不是得到高宗的认可，或至少是揣摩并投合了高宗的意图，他岂敢以“莫须有”三个字，杀害作为国家军事主帅的岳飞？不要说岳飞，就是杀一个县令，也未必如此容易。

但在岳飞死后几十年，孝宗为了推行北伐政策，为岳飞平反，将临安（今之杭州）栖霞岭下的智果院改建为岳飞祠庙。宁宗时，又追封岳飞为鄂王（所以他的庙称为“岳王庙”），他渐渐从一个力主抗战的爱国将领被改造成忠孝节义的典范。不但他的死须得有人承担罪责，而且“忠”须得有“奸”作为反衬，这任务就不能不落在秦桧头上。又按照中国人的思想习惯，凡败坏国家的事情，总有女人掺杂在内，所以又扯上秦桧的妻子。

自宋代建立岳坟和祠庙以来，诗人来到此地，多有题咏。这种诗在明代已经刻成了专门的集子。南宋叶绍翁的诗，主要是感慨岳飞的冤死和由此造成的北方的长期沦陷：

万古知心只在天，英雄堪恨复堪怜。如公少缓须臾死，此虏安能八十年？

到了宋末元初的赵孟頫（子昂）的笔下，已经把岳飞的死同高宗君臣苟且偷安的态度联系起来。赵孟頫是宋朝宗室，在他的想象中，如果岳飞不死，宋似乎就不会灭亡，所以情调尤其悲愤：

岳王坟上草离离，秋日荒凉石兽危。南渡君臣轻社稷，中原父老望旌旗。英雄已死嗟何及，天下中分遂不支。莫向西湖歌此曲，水光山色不胜悲。

但真正能够指出岳飞被陷害至死的实际原因，还是文徵明的《满江红》词。当时有人从地下发掘出一块刻石，上刻宋高宗褒奖岳飞的手敕，文徵明见了以后顿生感慨。词就从这里写起：

拂拭残碑，敕飞字依稀堪读。慨当初，倚飞何重，后来何酷？岂是功成身合死，可怜事去言难赎。最无端，堪恨又堪悲，风波狱。　　岂不念，封疆蹙？岂不念，徽钦辱？念徽钦既返，此身何属？千载休谈南渡错，当时是怕中原复。笑区区一桧亦何能，逢其欲！

上片叹息岳飞的冤死。从石刻想到高宗起初对岳飞的倚重，再与岳飞后来的惨死相对照，由此显示高宗的刻薄寡恩。然后又从“功成身亡”这种历史上屡见不鲜的现象，想到事已过去，后人发再多的议论，也毫无用处。这里作者的情绪似乎有些缓解，但缓解正是为了下一层高潮的涌起：尽管这是历史的旧案，与今人无涉，但想到风波亭（岳飞被害的地方）的冤狱，痛愤与悲哀之情，仍然无端地喷发出来。这一弛一张的笔法，令情绪更显强烈，也更显出害死岳飞之举的极端不合情理，使数百年以后的人，都无法忍受。

下片笔锋一转，追索高宗必欲置岳飞于死地而后快的原因：他身为皇帝，难道不想到小朝廷疆土迫促，正有赖于岳飞这样的良将恢复王朝的版图？他身为子弟，难道不想到父亲徽宗、兄长钦宗被金人俘虏囚禁的耻辱，正有赖于岳飞这样的义士为之洗雪？这些当然都想到了，但比起迎回徽、钦二宗而自己不得不让出皇位的结果，国家也好，父兄也好，都变得无足轻重。后人不要谈论当初高宗南渡是个失策，在他心里，却是害怕中原恢复？这里一句紧逼一句，揭出高宗的阴险心理。最后，又针对人们把罪责推给秦桧的说法，尖锐地指出：区区一个秦桧岂能害死岳飞？他不过是迎合高宗的欲望罢了。“逢其欲”三字，道出事情的关键所在，又置于篇末，短截有力，一字千钧。难怪清人毛庆臻在《一亭考古杂记》中说：“此诛心之论。”

文徵明为人温雅，诗词也以委婉蕴藉见长，极少写得如此锋芒毕露，尖锐而激烈。不过，无须对此感到特别奇怪。《明史·文徵明传》说他“和而介”，已经点出文徵明外圆内方的性格特征。这首词，可说是“介”的集中表现。

还有，咏史诗词，大都不是单纯怀古或就史论史，而多少与作者的现实感受有关。明代自朱元璋立国始，就特别褒奖岳飞的忠君精神，作为强化君主绝对权威的一种道德手段。既讲忠君，就不能计较君主有无过失，于是把一切罪责推给所谓“奸臣”。正德八年（1513，时文徵明四十四岁），都指挥使李隆在杭州岳坟前始设秦桧等三人的跪像，就是这一意识的反映。文徵明在词中指斥宋高宗才是真正的罪魁祸首，恐怕是有意与社会舆论相对立，并且意识到那种社会舆论的真正用意。由此可以认识到，虽然文徵明不像他的朋友祝允明那样经常显现出深刻的思考，但也绝不是一个毫无思想的文人。

雨·宋诗·文徵明

日本已故著名汉学家吉川幸次郎所著的《宋诗概说》中，比较唐、宋诗之区别，有一段很有趣的话，大意是：唐诗是激情发扬的，宋诗则显得冷静，对激情加以抑制。在唐诗中，作为诗人激情的载体，有两种自然景物经常出现：一是夕阳，一是月亮。在宋诗中，这两种景物都不像唐诗中出现得那么频繁，屡屡写到的，是连绵的雨。以陆游为例，南宋末批评家方回所著《瀛奎律髓》就已指出，他的近万首诗中，写到月亮的不多，反而雨才是陆游很感兴趣的景物，不但写得多，甚至把听雨当作写诗的秘诀：“语君白日飞升法，正在焚香听雨中。”（吉川疏忽了另外一个极好的例证，陆游还写过：“此身合是诗人未？细雨骑驴入剑门。”他显然把雨视为典型的诗境）吉川说：夕阳是燃烧的景象，雨是延绵的景象，这正显示了唐、宋诗的差异。

一般读者从选本中读到的陆游作品，大都是表现爱国情绪的，因而容易觉得他是一个慷慨激昂的诗人。其实，除了这一类作品，陆游诗歌的情绪，几乎全是和缓而平静的，甚少有激烈紧张的表现。

明代中期开始兴起的新思潮，其显著特征是对宋代文化的全面抨击。祝允明首先提出“学坏于宋”“诗死于宋”的惊世骇俗的论点；其后，提倡复古，否定宋诗，成为明代诗坛最风行的主张。当然，简单地否定宋诗，并不是科学的态度，说“诗死于宋”，也不是客观全面的评价。这种偏激实际是矫枉过正的手段，是用简洁明了的口号表达内涵复杂的新的文化趋向。其根本意义，是扫除宋代以来的官方道德对人性的抑制，以及这种抑制在诗歌中的表现，恢复诗歌的激情。就此而言，偏激在特定的历史条件下是必要的、有价值的。

在新的思潮兴起之初，文徵明的情况显得比较复杂。他为祝允明的《祝子罪知录》所写的题诗中，也称赞“祝子挺实甚，举刺弗自偏”，也说“嗟哉诗死宋，吊以《三百篇》”，表明他赞成祝允明的反传统思想和反宋复古的文学观。但是，他又对人说："我少年学诗，从陆放翁入门，故格调卑弱，不及诸君皆唐声也。"（何良俊《四友斋丛说》）证明他的诗与宋诗，尤其与陆游诗有相当深的渊源关系。王世贞《明诗评》也说："大抵徵明诗如老病维摩，不能起座，颇入玄言；又如素衣女子，洁白掩映，情致亲人；第亡（只是没有）丈夫气格。"这也是说文徵明的诗一般不具有豪放昂扬的情调，与激情发扬的唐诗不同。

有趣的是，文徵明也像陆游一样，容易被雨感动，喜欢写雨。一篇两篇地看，也许不觉得什么，若把他的集子从头到尾翻一遍，几乎十首诗中必有一二首写到雨，就显得很突出了。不过在这里只能举些例子，看看雨到底引起诗人什么样的感受。下面是一首《夜雨》：

中夜清如许，沉沉听雨眠。无愁触还起，有忆正茫然。败絮和衣拥，昏缸背壁悬。俄闻喧屋漏，自起缚残编。

在清静的长夜，听那淅淅沥沥的雨声响个不停，因而久久无法入睡，这是文徵明诗中屡次出现的一种场景。后两句，写出听雨时微妙的、难以解说的心情：本来没有愁，却被这雨触起了莫名的愁绪；想要抓住它，辨别一下这愁绪因何而起，却又觉得很茫然，说不清楚它由何而来。睡不着觉，便披起陈旧的棉衣斜倚在床上，挂在墙壁间的油灯，闪烁着昏黄的光芒。一会儿听到家人惊呼屋子漏了，于是赶紧起身，捆扎好陈旧的书卷，换个地方。这一细节也许是真实的，但写在诗中，却有更多的意义：一生与书相伴，所得到的只是清寒的生活，但要抛开这些书，却又不能。

另外，又选《暮春斋居即事三首》中的第一首：

经旬寡人事，踪迹小窗前。暝色连残雨，春寒宿野烟。茗杯眠起味，书卷静中缘。零落梅枝瘦，风吹更可怜。

长久没有人事上的交往（据另两首，是因为生病），闲来无聊，就在窗前向外眺望。在暮春的傍晚，看到天色暝暝，细雨迷蒙，郊外烟气流漾，蕴含寒意。周际寂无人声，呷几口茶，随意翻翻书，也很惬意。只是已经凋零的梅枝摇曳于风中，显得凄凉可怜。

在这两首诗中，都明显有几分寂寞孤独。一个温和而重视礼节的人，其实也就是与他人保持一定距离的人，因此寂寞是难免的。寂寞有时令人难以忍受（如前一首），有时又带来平静的愉悦（如后一首），所以诗人并不急于摆脱寂寞。同时，在这两首诗的结尾，都隐约有些刺激的成分：屋漏意味贫困，花残意味时光也就是生命的流逝。但执着于这些问题，为此而悲哀，归根结底是没有出路的，所以诗人也并不急于寻求出路。

以理智约束并调节感情，以平静的态度对待人生中的难题，这是宋诗的特点，也是文徵明诗歌的特点。但感情处于约制的状态而呈现平静时，便容易转化为淡淡的、持续的忧伤。这种情绪，与绵绵细雨最为切合。或者反过来说，绵绵细雨，最适宜作为这种情绪的象征和载体。所以文徵明和宋代诗人一样，喜欢在诗中描摹雨景。

文徵明并不像宋代人，认为约制个人感情是必需的社会原则，是必须强加给一切人的强制性要求。他只是从自身的性情出发，选择自己的生活方式和审美爱好。对于那些狂放不羁的朋友，他不但能够理解、尊重，甚至有些羡慕。就崇尚人性之“真”、厌恶一切虚伪行为而言，他又是同时代新思潮完全一致的，所以，既效仿宋诗，又赞同祝允明“诗死于宋”的论点，可以在他身上同时存在。因为仔细地分辨后，可知这其实是两个不同的问题。

徐渭：不觉悲歌崩白云

刁悍尖湍之辞

长夜作鬼语

托物言志思奋飞

情意温绵忆旧人

颓放而倔强的艺术

人生未必求平安

随想诗

纵论古史说名分

节妇的悲哀

多彩多情的世界

塞上和平曲

酒与诗画

老来慕童真

刁悍尖湍之辞

徐渭同祝允明、唐寅一样，都是在民间故事中被改造过的人物，这种改造跟他们原来的情况相去甚远，但总是与他们为人性格的某个方面有关系。像祝允明的贪酒、喜好嘲谑，唐寅的风流多情，都是他们原来身上就有的。只是这些现象背后更深刻、更复杂的思想情感，在民间故事中无法反映出来。浙江一带流传了很多“徐文长故事”，故事里的徐渭，是一个机智聪明，却又心肠促狭，专爱捉弄别人的人。这显然把徐渭歪曲得很厉害，但也不是毫无根据的。历史上的徐渭，既多才多艺、豪放不羁，又性格尖锐，对自己所讨厌的人，言语往往很刁刻。这种性格，在他的诗歌中也表现得很明显。他的同乡、明末散文家王思任在《徐文长先生佚稿》序中就说："渭之才更刁悍尖湍……口无旧唾，不少讥呵；目不再览，每多盱放。"下面就以徐渭的《海上曲》为例：

暇日弃筹策，卒卒相束手。四疆险何限，但阻孤城守。旷野独非民，弃之如弃草。城市有一夫，谁不如木偶？长立睥睨间，尽日不得溲。朝餐雪没胫，夜卧风吹肘。彼亦何人斯，炙肉方进酒！

诗大约作于世宗嘉靖三十五年（1556）。当时，倭寇（实是中国海盗与日本海盗纠集在一起的集团）大肆骚扰东南沿海。明朝廷军队腐败无能，听任其横行作恶。当倭寇进逼至绍兴附近时，知府刘锡只顾守城自保，对人数有限的敌寇不敢稍有行动，对乡村的人民弃而不顾。徐渭大概也参与了守城，对知府的行为深感气愤，便写了一组《海上曲》加以讥讽。原诗共有五首，这里选的是第三首。前两首主要说流窜至绍兴的倭寇人数并不多，武器也不精良，官员们却吓得魂飞胆战，第三首主要说守城的情况。

前六句批评绍兴府官员平日毫无应敌准备（倭乱已经发生好几年了），事到危急，便束手无策。在绍兴周围，多山陵河流，有险可据，然而官员们却只知死守一座孤城。进而斥责道：乡野中居住的，难道不是国家的人民，可以像草芥一般弃而不顾？接着六句写守城民众的情况：城中市民，无不被征调来守城，如木偶般呆立着。在官吏的监视下，连上厕所都不得自由。风餐露宿，正逢雪天，受尽寒苦。最后两句用极鄙夷的口吻责问道：那是些什么人啊，烤着肉，喝着酒，美滋滋的好不快活！

仅从字面上看，这首诗批评官员的无能、腐败，已经很尖锐。把乡村民众被弃如草、城市民众冒寒守城与官员们享受作乐的情形对比来写，已经取得了很强的效果。但徐渭诗歌的那种刁悍，还不在这里。他的撒尿（“溲”）和喝酒两桩事连在一起写，像迭现的影像，虽不加说明，却已造成暗示和联想，才是真正的刻薄！前面所说的意思，还是冷静的批判；后一种手法，已渗透了内心的厌恶情绪。

言语刁刻，不留余地，情绪尖锐而激烈，对无能的权贵充满鄙视，是徐渭诗歌（特别是早期诗歌）中经常可以看到的现象。嘉靖二十九年（1550）秋，蒙古首领俺答率骑兵直逼北京城下，在京都郊区烧杀掳掠，饱足之后才飞扬而去。远在江南的徐渭闻此感慨激愤，写了一首《二马行》。诗的前半部分用铺排手法，写京城中权贵家奴耀武扬威，所骑的马高大肥壮，装饰华丽；后半部分写城郊将吏无心作战，士兵所骑的马毛长骨瘦，无力奔走。通过两相比较，揭示朝廷将相的腐败无能。这种写作方法，早在白居易的诗歌里已经用得很多了，但徐渭使用语言的刁刻，却是前人少有的。他写城中游玩之马，是“胸排两岳横难羁，尾撒圆球骄欲死”；城外作战之马，是“天寒马毛腹无矢（腹中饿得连粪便都没有），饥肠霍霍鸣数里”，都是刻画到极点，显出泼辣味。如果想到徐渭的身份不过是个穷秀才，他骂的对象却是朝中宰相、当地知府，意义就更深了。

一般来说，中国的古典诗歌以温柔敦厚为正统的标准。即使批评，也讲究委婉含蓄。譬如李商隐的《贾生》诗，以“可怜夜半虚前席，不问苍生问鬼神”，讥帝王“求贤”的虚假，点破而不说尽，写意于言外，就很受诗家的赞赏。这当然是很好的写作手法，但一定要立为唯一的、排他的标准，就太嫌狭隘了。其实，各时代诗歌的特点，是相应于诗人精神生活的状态。温雅的语言、委婉的表现，除了艺术上的因素，也是社会上层的一种文化标志，是维持统治阶层内部和谐的需要。至于明代，情况已经不一样了。社会的中下层，开始有了一定势力，特别是市民阶层，在政治、文化各方面都很活跃，他们会把自己的个性带到诗歌里。特别是徐渭这样的诗人，地位虽然很低，自视却很高，平等意识很强。愈是如此，在看到虚伪、腐败现象时，反感就愈强烈。温雅委婉的诗歌，已经不足以表现他们的感情了。

从徐渭来说，还有些个人的因素在起作用。他天赋很高，却出生在一个走向破落的官僚家庭，在家庭内又是婢妾所生的庶子，处处受到压迫，与外界对立、反抗的心理很强。因而，当他看到不合理的社会现象，就容易联想到自身，心中充满怨恨之气。作为发泄，他有意选择了尖刻的语言，甚至是很不文雅、在历来的诗歌中极少使用的词汇，构成刺激的形象。

可以说，唐寅也好，徐渭也好，还有后来的“公安派”领袖袁宏道，都是对中国古典诗歌的传统起了某种破坏作用的人。但破坏就是解放，就是寻找新的方向。不管他们成功的程度如何，在一个古老的社会制度快要解体的时候，这种文化传统上的破坏是不可避免的。

长夜作鬼语

唐代中期有一批诗人，包括韩愈、孟郊、卢仝、李贺等，作诗不循常规，好标新立异、惊世骇俗，追求力度和刺激，形成一个特殊的流派。其中尤其是李贺，风格诡怪奇谲，又喜欢写阴森恐怖的景象，被古人称为诗中的“鬼才”。

徐渭中年时期，对这一派诗人产生了很大的兴趣。当时诗坛上流行“诗必盛唐”的口号，特别推崇李白、杜甫、王维、孟浩然等几家，认为到中唐诗已经不行了。这等于说诗歌有一定的标准风格、语汇，是大家都要学习模拟的。徐渭则强调诗是个人性情的表现，关键是感情的真实性。他从自己的个性爱好来看，认为李白、杜甫、王维、孟浩然等人比较合于常规的诗，是“菽粟”（日常的饭菜）；韩愈、孟郊、卢仝、李贺等人的诗，别出心裁，才好比“龙肝凤髓”，不可多得。徐渭中年所写的诗，也被人评为“字字鬼语，李长吉之流也”（“长吉”是李贺的字）。

《夜宿丘园》是徐渭三十五岁时，从绍兴去福建顺昌的途中写的。此行以水路为主，沿富春江转入衢江、南浦溪。一路风景极美，却不免有些荒僻。尤其是两省交界地带，到处是连峰叠嶂、老树怪藤、巨石乱滩。白天已是惊心动魄，晚间更令人觉得孤独不安。诗便是写山中夜宿的情景和心境：

老树拿空云，长藤网溪翠。碧火冷枯根，前山友精祟。或为道士服，月明对人语。幸勿相猜嫌，夜来谈客旅。

这是一个令人不安的氛围：黑魆魆的老树高高耸向天空，蔓生的长藤在山溪两壁织成翠网，碧幽幽的磷火（传说中的“鬼火”）在形状怪异的枯树根周围浮动着，或明或暗，好像有一群精灵在前山相聚。忽然就从前山来了一个穿道士服的人，站在白晃晃的月光下向诗人说话：大家都是旅途之人，特来闲聊，可不要猜疑呀！

作为纪游诗，通常都有实事做材料。在那晚上，可信确实来了一位道士，那么徐渭写诗时，也一定知道他不是什么山精树怪。但诗的根本作用，不是纪实，而是构境，于诗境中表现诗人的心态。因而，有什么样的心态，便会构造出什么样的诗境。就原来的材料来说，这诗完全可以写成另一种情调，譬如寂寞旅途中陌生人彼此相亲近的温暖，未必不是一首好诗。但诗人实际写成的诗境，是那样阴郁和不安，充满了“鬼气”，连好意来闲谈的道士，都带来一份恐怖和威胁，这就是诗人心态的作用了。

向前追溯，可以看到中唐诗人的心态对他们诗歌意境的显著作用。李贺虽有皇家宗室的虚名，但谱系已远，兼且仕途蹉跎，穷困潦倒，体弱多病，所以他就专爱写荒芜衰败、冷落阴暗、恨深愁重的景象，喜欢用“泪”“死”“病”“鬼”“血”等触目惊心的字眼；孟郊是个一心想出人头地的人，却老大无成，所以他专爱写人生的病态，如贫穷、饥饿、寒冷、衰老，甚至麻木迟钝之类的感觉。总之，他们都是人生不得志，心理不平衡，所以要在诗中追求刺激。徐渭三十多岁的时候，经历了家道衰落、爱妻早夭、科举接连失败等一系列遭遇，乃至生计无着，漂泊人世，他的内心正是紧张不安、容易激动、阴郁压抑的时候，自然就喜欢上了李贺等人一派的诗，写出《夜宿秋园》这样带有“鬼”气的作品。

在这一段时间中，徐渭的诗大多写得不安静，常常带有某种惊悸的感觉。不仅是山中的深夜，就是光天化日之下、人群簇拥之处，也可以写出类似的感受。有一首《观潮》，是写他和师友一起观看龛山战地（在绍兴附近，当时官军与倭寇在此打过仗），然后登山观潮。开头是：

白日午未倾，野火烧青昊。蝇母识残腥，寒唇聚秋草。

据考，他们到龛山时，距战事结束已经很久，实际除了考察地形外，看不到多少战争的痕迹。但诗人非常善于构造他所需要的诗境。一、二句借烧田（农民焚烧庄稼秸秆做肥料）的烟火渲染白日昏冥的气氛，暗示战场景象，这还只是手段巧妙；三、四句写巨蝇靠着敏锐的嗅觉，聚集在遗有残余血肉的秋草上，舔食不息。这景象本来很琐细，不引人注意，被他特意摄取、放大，就显得很恐怖了。这也可以说是“鬼语”，同样是阴郁心态的产物。

所以，本文的标题《长夜作鬼语》，并不是专指《夜宿丘园》一首诗而言，而是同时象征着诗歌创作中的一种现象：当诗人的感觉特别敏锐，当他以阴郁的眼光看待周围世界时，他的诗中就会出现种种不安宁的、带刺激性甚至是恐怖的形象，即所谓“鬼语”。

托物言志思奋飞

过去，“绍兴师爷”的名头是很响的。有人曾愤于鲁迅文笔的尖锐，便拿这话来攻讦他。不知道从何时起，绍兴文人惯于操此业，但至少在明代就很普遍了。徐渭的许多朋友，都曾为人做幕僚，他自己一生最重要的事件，也就是加入东南抗倭军务总督胡宗宪的幕府。

胡宗宪因为交结权相严嵩，而且生活奢华，搜刮民财，在历史上的声誉不大好，但他也是一个豪爽、敢于任事的人，东南倭乱主要是靠他平息下去的。这比起那些唯唯诺诺的正人君子，到底要高明些。他起先任浙江巡抚，就很看重徐渭的才智，后来升任抗倭军务总督，主持从山东到广东沿海的军事，权倾东南半壁江山，却对一介布衣的徐渭再三殷勤相招，徐渭无法拒绝，只好做了他的幕僚。关于徐渭在胡宗宪手下几年的活动，有很多传说。袁宏道、陶望龄的《徐文长传》，都说胡宗宪用阴谋诡计擒杀倭寇首领是听了徐渭的筹划。又说当时文武官员谒见总督，无不战战兢兢，唯有徐渭身穿一袭破旧衣衫，直闯辕门，放言天下大事，旁若无人。总之，他在胡宗宪那里是很受信任的。

但官场终究是官场。像胡宗宪那样的大官，对徐渭一类的文士在礼节上可以很随便，那是“礼贤下士”的表现，一旦事关利害，就由不得他了。譬如胡宗宪写给严嵩的文书，便大都出于徐渭手笔。尽管徐渭对严嵩是很厌恶的，他也不能不想尽阿谀奉承的词语。大概还有一些事情，让徐渭感觉到不自由之苦，所以总想离去。有一次，胡宗宪送了一只白鹇给徐渭，徐渭趁机以此为题写了一首诗，表示自己的心意。白鹇是一种很漂亮的观赏鸟，雄性上体和两翼为白色，并布满整齐的黑纹，又有纯白的长尾，腹部则为纯蓝黑色。

片雪簇寒衣，玄丝绣一围。都缘惜文采，长得侍光辉。提赐朱笼窄，羁栖碧汉违。短檐侧目处，天际看鸿飞。

这一类托物言志的诗，最早可以追溯到屈原《九章》中的《橘颂》，那是拿橘树比拟自己的德行。如开头几句："后皇嘉树，橘徕服兮。受命不迁，生南国兮。深固难徙，更壹志兮。"王夫之解释为"喻贤者内美性成，为天所授"和"喻忠臣生死依于宗国"。以后这种诗成为中国古典诗歌中一个独特的类型，作品非常之多。一般仍如《橘颂》，借比喻抒发情志，只要求切合"物""我"双方。比如唐末黄巢所写的《不第后赋菊》：

待到秋来九月八，我花开后百花杀。冲天香阵透长安，满城皆带黄金甲。

这是黄巢因为考不中进士，下决心铤而走险，并预言自己将获得大成功。它以气魄宏大而受人赞赏。

至于徐渭的《白鹇》诗，因为要呈献给胡宗宪，表示自己希望脱离总督府的心意，就必须关合物、我、对方三者。多一层人际关系，必须考虑双方的地位、身份，写作的难度就更大。诗开头两句直切题面，写出白鹇鸟最显著的特征：它的白色羽毛，像是一片片雪花编结成的寒衣，又在上面绣了一圈圈细细的黑丝线。"寒衣"二字，已经有影射寒士的意思。而且据说徐渭是喜欢穿白衫的，这就更显得微妙了。但从字面上看，似乎只是写鸟。下面转为清楚的双关笔法。“文采”，既可以指文章辞采，又可以指美丽的花纹。“都缘惜文采，长得侍光辉”，借白鹇毛色美丽而为人所爱，写出自己因擅于文章而被收罗于幕中的意思，语气中又表示了对胡宗宪知遇之恩的感激。“提赐朱笼窄”，好像回到了纪实的内容：胡宗宪将白鹇装在一只朱色竹笼内送给他，但“窄”带有明白的感情色彩，于是仍然透出显著的寄喻之意。总督府对徐渭来说，是个狭隘的、不自由的牢笼。鸟儿“羁栖”（被强迫栖留）在笼，隔绝了广阔的蓝天，虽然生活很优越，却是违逆本性的，徐渭在总督府的状况，也正是如此。最后两句是点睛之笔，写得非常有力：鸟儿屈身在房屋状鸟笼的短小的屋檐下，虽不敢抱多少奢望，却心有不甘，仍然斜望着那天边自由翱翔的大雁。“短簷”“侧目”都是予人印象很深的词语，两句所描绘的形象，又保持在一个未结束的动态上，所以诗虽然到此为止，言外之意却通过这动态强烈地表现出来：他希望奋飞出去，回到自由的天地。

可以看出，这首诗对所涉及的三方面，都照顾得相当周到。作为咏物诗，它的字面每一句都紧扣白鹇鸟，而且还清楚地交代了作诗的缘起——胡宗宪赠送白鹇；对胡宗宪，又保持了适当的恭敬和真诚的感激，并无指斥之辞。希望离去的理由，完全是从己方立论，即和鸟相同的自由本性；而最重要的是自我的意愿也得到充分的表达，丝毫不受其他因素影响。作为一首篇幅短小而语言简明的诗，做到这样当然是不容易的。中国文人常把诗作为社交的工具，这一传统培养了他们在语言表现上的严密和细致。

开头提过，徐渭在总督幕府受到相当宽容的待遇，他自己对此也是深为感激的，在《上督府公生日诗》中曾经说："众人国士阶元别，知己蒙恩心所量。"但要是没有了基本的个人自由，他仍然会不顾一切地要求离去，由此对徐渭的性格可以有清晰的了解。

最后要做一些说明：那只白鹇，据徐渭在其他诗篇的附注中说，是死于虱害了。他自己则由于胡宗宪死于朝廷的权力斗争，并祸及总督府的幕僚，恐怕受到凌辱，以至发狂自杀。自杀不死，又在狂病中杀死了继室张氏，因此被逮下狱，坐了六年牢。要不是许多朋友救助，他几乎丧命。自由对于他，终究是"侧目"所望，却难以得到的东西。

情意温绵忆旧人

徐渭的性格是很激烈的。而且，正像前面所说，他有时甚至显得相当刁刻。不过，这种性格的人，大多是内外如一、较少虚饰的。因而，倘若他们真正喜爱谁，其感情的表现，往往也比一般沉稳持重者更显热烈和温存。徐渭对朋友，尤其是对门生和子侄辈，态度十分真诚，而感情上眷恋最深的，则是他的第一个妻子潘氏。他们结婚时，徐渭二十一岁，潘氏才十四岁，婚礼的场所，是广东阳江县主簿衙门（潘氏父亲任职之地）。徐渭后来有诗追忆这场婚礼：

掩映双鬟绣扇新，当时相见各青春。傍人细语亲听得，道是神仙会里人。

徐渭是在家庭衰败、与长兄相处不和谐的情况下，作为赘婿进入潘家的，所以心境并不好。只是他那妻子虽然年纪小，却特别聪明，尤其了解丈夫敏感的心理，给予他很多抚慰——可惜十九岁就死了。后来徐渭两次再婚，结果都很糟，第二个继室张氏更是死于徐渭发狂之际。这种不幸，恐怕与前妻的影子大有关系。

在牢狱中，徐渭常常想念前妻，积思成梦，便写下了这两首《述梦》的诗，这大概是他一生中写得最为缠绵温柔的作品。其一是：

伯劳打始开，燕子留不住，今夕梦中来，何似当初不飞去？怜羁雄，嗤恶侣，两意茫茫坠晓烟，门外乌啼泪如雨。

南朝有一首《东飞伯劳歌》，头两句是：“东飞伯劳西飞燕，黄姑（牵牛星）织女时相见。”比喻情人不能相聚。徐渭借用这诗的意思，以伯劳比自己，说自己是硬被打散的；以燕子比前妻，说自己无法留住她在人世。然后又责怪妻子：既然今夕还要来到梦中，当初又何必飞走？“怜羁雄”是说前妻可怜被关在牢狱的丈夫，“嗤恶侣”是徐渭向前妻数说继室的可恶。一会儿天晓梦醒，梦中的一切都变得茫茫然，似乎融入了晨雾之中。只听门外乌鸦啼个不住，不由得泪如雨下（按照古代一则传说，乌啼是坐牢的人将被放归的征兆，见《唐书·乐志》）。

其二是：

跣而濯，宛如昨，罗鞋四钩闲不着。棠梨花下踏黄泥，行踪不到栖鸳阁。

这是写梦中所见妻子的模样：她像生时一样，赤着脚洗东西，把罗鞋随便钩在什么地方。一会儿又在棠梨花树下走来走去，就是不肯到自己所住的地方来（按：鸳鸯鸟，雄性为鸳，雌性为鸯）。他们在阳江住过好几年，大概潘氏也学了广东人的习惯，爱打赤脚。从诗中看，留在徐渭记忆里的潘氏，实在还是个小姑娘。

专门为悼念亡妻而作的诗，大概始于西晋潘岳的《悼亡诗》三首，后继之作，真可谓汗牛充栋。夫妻的感情，在正常情况下总比一般的感情来得深厚，尤其当一方去世以后，回忆中所唤起的一切更为美好。所以，在这一类诗中，不乏感人至深之作。最有名的，可能要算唐代元稹的诗和宋代苏轼的词。元稹的悼亡诗写得很多，许多诗句广为传诵，如《遣悲怀三首》中“昔日戏言身后意，今朝都到眼前来”“诚知此恨人人有，贫贱夫妻百事哀”“惟将终夜长开眼，报答平生未展眉”等。特别是《离思五首》之四，几乎人所皆知：

曾经沧海难为水，除却巫山不是云。取次花丛懒回顾，半缘修道半缘君。

苏轼的《江城子》词，小题为《乙卯正月二十日记梦》，写作的缘由正和徐渭相同。

十年生死两茫茫。不思量，自难忘。千里孤坟，无处话凄凉。纵使相逢应不识，尘满面，鬓如霜。

夜来幽梦忽还乡。小轩窗，正梳妆。相顾无言，唯有泪千行。料得年年肠断处，明月夜，短松冈。

可以说，从语言的精练来看，徐渭的两首诗不如后面举出的两篇名作，特别是缺少像“曾经沧海难为水，除却巫山不是云”“不思量，自难忘”那样惊策醒目的句子，但它有自己的特点，却是值得注意的。

首先，这两首诗语言虽浅，内容其实不是很容易明白。若不是对徐渭的生平有仔细的了解，对诗歌本身加以仔细的辨析，一下子也难以知道说的是什么。记得清代的一篇诗话，就把诗意搞错了。因为作者无论在诗题还是诗句中，都未曾标明悼亡的意思，更不用说悼念何人。他只是“述梦”，表现梦中的一些情绪和场景。也许，他本来并没有让别人读懂的打算，只是写给自己看罢了。

生者对于死者，尤其是一个近五十岁的男子对于十九岁就死去的妻子，照道理说，应该有许多怜悯。一般的悼亡诗，都有这样的情绪。但徐渭在《述梦》之一中，却没有照“道理”说，反而指责妻子过早地抛下了自己。事实上，他并非真的指责妻子。他一生遭遇不幸，如今又身陷囹圄，内心自然深深依恋于少年妻子往日所予的情爱，而指责正是一种温情的、依恋的表现。第二首只写了一个琐细的场面，没有强烈的语汇，也没有令人感受深刻的地方。但若细细地读，自会知道那一份感情是多么深沉而温柔，甚至感觉得到徐渭这样一个狂傲的人，其实内心深处是很孤独也很软弱的，需要有他人的感情来慰藉。

这样的诗是不会有警句的。因为诗人在写作时，距离真实的感情状态太近，只有一些迷茫、琐细、平凡、具体的情绪。

尽管他在表现这些情绪时也很精心，语言的节奏和声调十分轻柔，但他没有隔一段距离、比较冷静地审视自己的感情，从中归纳出什么带有普遍意义的人生感受，因而也就难以给读者留下过目难忘的印象。但这样的诗，在感情上恐怕比一般的好诗要更真实，当读者理解了诗人的处境和心情时，就会被它感动。这情况与明代散文的趋向有些相似。明代的抒情散文，有很多是写得平凡、琐细，以求真实的。

颓放而倔强的艺术

徐渭不仅是一位杰出的文学家，而且还是杰出的书法家、画家和戏曲家。他的多方面创作，具有统一的基调，那就是以蔑视陈规、大胆创造的精神，表现自我的个性意识、自由意志，以及在个性遭受压抑时所产生的充满悲愤的反抗情绪，和因失望带来的痛苦。后人对于他的艺术品格表示出极高的尊崇：袁宏道称他为“明代第一诗人”；汤显祖誉之为“词坛（戏曲领域）飞将”；郑板桥曾刻一印，自称“青藤（徐渭的号）门下走狗”；齐白石也说：“我愿九原为走狗。”若从单一方面来说，也许不难找到与之并驾齐驱乃至超越他的人物，但要说在众多领域内均能如此独树一帜，恐怕为数极少了。

下面透过他的几首诗来谈他的书画与戏曲，或者反过来说也是一样。先看一首题画诗：

半生落魄已成翁，独立书斋啸晚风。笔底明珠无处卖，闲抛闲掷野藤中。

这诗题在一幅墨葡萄轴上，大约作于万历初年徐渭刚出狱时，他已经是五十三四岁的老人。经过了多年的磨难，尤其是发狂、杀妻、下狱，再死里逃生，确是“半生落魄”。在常人，也许早就颓唐萎靡，然而徐渭仍旧很倔强，不肯向社会低头。“独立书斋啸晚风”，完全是一派高傲猖狂的气概。后两句把画中的葡萄比喻为自己的超人才智，说是既然俗世庸众用不着它，那就任由它随便抛掷了。比起古诗中常见的所谓“怀才不遇”之慨，这里显然有更多的骄傲。

那么，诗的意思又如何在画中体现呢？当然画不可能像文字那般表述，但它的情绪却是完全与诗合拍的。那幅画水墨淋漓，主藤自距上端三分之一处起笔，枝枝叶叶，向下纷披垂荡，可以看出用笔如风雨之急骤，显现出狂放的韵律，使人感受到作者内心的激动、痛苦、寂寞，和傲然不可羁勒的精神。徐渭是中国写意画派的创始人之一，他的许多作品，用笔极其放纵，形成刚健恣肆的线条，没有一点犹豫，一点拘谨；设墨也极其酣畅，有时甚至把水墨倒在纸上，随其散化之形而作勾勒。其胆大气雄、纵横不可一世之气，远非前人所能比。和《墨葡萄轴》一样，这类画都包含了强烈的主观情绪在内。可以说，中国画注重主体、重抒情的特点，到了徐渭，变得更自觉、更充分了。

在这幅画上，题有前面所说的那首诗。它的书法，笔墨狼藉，呈潦倒之相，亦正与诗意相合。当然，徐渭的书法，并不完全如此。但总的来说，是以自由奔放、于苍劲中透露媚趣为特征，近年出土的《青天歌》可为代表。在正统的书家看来，似乎过于恣野，如其诗一般。但喜欢的人，则认为非常出色。袁宏道谓之“字林之侠客”，评价在以书法著称于世的文徵明之上。另外，张岱、郑板桥等，对他也非常推崇。

至于徐渭的画竹和题画竹的诗，从保留在徐渭文集中的题诗来看，他画的竹，大量的是《风竹》《雪竹》《雨竹》，同一般画家的意趣明显不同。竹是国画中最常见的题材，它之所以受人青睐，是因为在传统文化中，竹象征了一种清雅、幽静、高脱、有节操的品格。相传苏轼有首诗：“宁可食无肉，不可居无竹。无肉使人瘦，无竹使人俗。”取义正在此。徐渭画竹，亦取传统寓意中以竹象征节操的习惯，但他常置竹于风、雨、雪的袭击与压迫之中，则是更在强调自我与外力相对抗的态度，表达愤世嫉俗的情怀，这与传统的画竹，已经有根本的区别了。下面录两首题诗，以见一斑：

画成雪竹太萧骚，掩节埋清折好梢。独有一般差似我，积高千丈恨难消。(《雪竹》)

画里濡墨不敢浓，窗间欲肖碧玲珑。两竿梢上无多叶，何事风波满太空。(《风竹》)

与戏曲有关的诗，想举他的《少年》。那也是徐渭出狱不久时的作品。他去天目山游玩，经过富阳，结识一位姓郑的老人。郑老是姚江人，往年也曾风流潇洒，踌躇满志，老来流落异乡，以教私塾糊口，一年只有五两银子，还遭人欺凌。两人陌路相逢，却同病相怜，直喝得酒酣耳热。醉中郑老击鼓作乐，徐渭为之写下这首诗：

少年定是风流辈，龙泉山下鞲鹰睡。今来老矣恋猢狲，五金一岁无人理。无人理，向予道：今夜逢君好欢笑。为君一鼓姚江调。鼓声忽作霹雳叫，掷槌不敢让《渔阳》，猛气犹能骂曹操！

"恋猢狲"，指教小孩子读书（至今仍有称小学教师为"猢狲王"的）。末两句，用三国时祢衡裸衣击鼓，作《渔阳三挝》之曲痛骂曹操的故事。诗的后半部分，节奏急促奔放，恰似鼓点，诗中似乎看到两位白头潦倒的老人，在叫号喧嚣，发泄着内心的积郁。

从徐渭另外的诗里得知，他不但爱听击鼓，而且自己也能为此技。鼓有着其他乐器所没有的特殊的急促与兴奋感，能引起特殊的心理效应，这就是徐渭喜爱鼓乐的原因。他的传世戏曲作品集《四声猿》中，最有特色的便是演祢衡骂曹故事的《狂鼓史渔阳三弄》（现在京剧中《击鼓骂曹》一剧，便是由此演变来的）。徐渭嫌《三国演义》中这一段不够畅快，特意把情节改为祢、曹死后，由阴间判官主持，重演当日的场面，好有更多可骂的材料。这个戏可以说是中国戏曲史绝无仅有的一例，从头到尾，就是由祢衡一边击鼓，一边数说曹操的罪恶，并加以嘲骂，一股孤高狂傲、悲愤激越、刚烈倔强之气冲腾奔泻。这实际是徐渭一生痛苦悲愤情绪的集中抒发。徐渭是能够演唱戏曲的，可以想象他击起激越的鼓声，引吭高歌，其实是把现实世界给予他的一切磨难、屈辱和不平，从文学艺术的孔道中宣泄出去，以求得心理的平衡。

徐渭一生之不幸，是历代著名文人中少有的。但这种不幸和他的高傲倔强的性格，却也成就了他的文艺创造活动，令人感慨殊深。

人生未必求平安

明代有一部历史小说叫《英烈传》，说的是朱元璋同他的谋臣猛将推翻元朝、扫平群雄、建立明王朝的经过。这书的作者不太清楚。早在书流传未久的时候，有人怀疑是武定侯郭勋命人写出来的，目的是为了夸耀其祖上郭英的功劳。还有一种本子，题名《云合奇踪》，作者标明是徐文长（徐渭）。经学者考证，把这说法否定了。但为什么伪托徐文长呢？一方面，大概是因为到了晚明，徐文长的名气变得越来越大；另一方面，也许同他的一首诗有关，这就是以下要谈的《恭谒孝陵》：

二百年来一老生，白头落魄到西京。疲驴狭路愁官长，破帽青衫拜孝陵。亭长一抔终马上，桥山万岁始龙迎。当时事业难身遇，凭仗中官说与听。

有几个典故、词语需解释一下。“西京”本义是长安，这里代指南京。汉朝起初建都长安，东汉时迁都洛阳，以长安为陪都，称西京。这情况跟明太祖建都南京，成祖迁北京，而以南京为陪都相似，所以用来代指。“亭长”又是用汉高祖刘邦代指朱元璋。刘邦出身低贱，原来只是个亭长（最低级的小吏），朱元璋原来是穷和尚，两人后来都成了开国君主。“一抔”是说皇陵，“桥山”是传说中黄帝的葬地。又有传说讲黄帝死后，有龙迎他上天。这里是用黄帝故事代指朱元璋之死。“中官”，是说守孝陵的太监。他们负责每天给死去的皇帝供膳，操办逢年过节的大祭。

这诗是神宗万历三年写的。当时徐渭出狱未久，去南京游览，走了不少名胜古迹，又特地拜谒了开国皇帝朱元璋的孝陵。徐渭最喜欢跟人闲聊，听稀奇古怪的事情，守陵的太监又是无聊之极，就对他大讲了一通朱元璋的“当时事业”，大约是宫中流传的一些故事。因这诗写得炉火纯青，深藏不露，后来受到许多人称赞。另外，徐渭还画过一幅与这诗意相配的画。也许有人就误会了，把专说朱元璋开国故事的《英烈传》当作是他写的。

这诗读起来，好像只是说谒陵的经过，其实含蕴很丰富。分析起来，诗中有两方面的内容：一是诗人自身的现实境遇，一是朱元璋与他的开国事业。在后一方面，又有意借用典故，把刘邦的事情也一起带进来，增强某种历史感。两方面的事情，经谒陵、听太监说故事联系起来，从中隐约表露出他自己的人生向往。

“白头落魄”“破帽青衫”，概括了自身的境况。在这后面，藏着一生的遭遇：少年意气，科场挫折，抗倭风云，下狱始末……总之，是生不逢时，才士不能为世所用，无法建立辉煌功业。但尽管落魄至此，傲气却未消灭。“疲驴狭路愁官长”，意思说，去孝陵的路上常有官员，自己骑了头无精打采的驴儿，要是狭路相逢，真是没有味道。这其实是不愿给官儿们让道，怕受窝囊气的意思。

一个老人，天赋极高，抱负甚大，怀才不遇，却还是傲骨棱棱。他来到孝陵，听人说朱元璋与手下一帮英雄拔起于草莽，打下万里江山的事情，又由此联想到一千多年前一个叫刘邦的无赖汉，也是趁着风云动荡，提三尺剑取天下，心里到底是在转什么念头？

中国有句民谚：宁为太平犬，不为乱世人。这是普通老百姓的想法。动乱时代，战火蔽天，白骨遮地，实是令人畏惧。但胸怀大志的才俊之士，则未必这么想。对他们来说，在太平年代，由于权力结构稳定，并且总是有一定的封闭性，很难充分发挥自己的能力。沉沦下僚，为无能的上司所欺辱，那是很平常的；弄不好，就像徐渭，“白头落魄”，一事无成，也算不得稀奇。相反，在风云动荡、天下大乱的时代，才能比家世等外在的凭借更为重要，才俊之士在竞争中获得成功的机会更多。

只是这样的话不大好明说。唐代诗人杜牧有一首著名的《赤壁怀古》：“折戟沉沙铁未销，自将磨洗认前朝。东风不与周郎便，铜雀春深锁二乔。”字面是说：若不是一场东风帮了周瑜的忙，让他得以火烧曹军，他的夫人小乔同孙策的夫人大乔都要被曹操抓去，在铜雀宫里陪曹操喝酒。但实际到底说什么？批评或赞扬这诗的人不少，往往说不到重点上。杜牧也是英锐而自负的人，他其实是说：人生之成功与否，要有外在的机缘。周瑜若非生在风云变幻之世，焉能成一代英雄而垂名青史？言外之意，自己何尝不及周瑜，不过未得“东风”之便，只好“青楼薄幸”。

徐渭这诗也是差不多的意思。不过他写得比杜牧还要隐晦，没什么火气。他只管说自己距朱元璋二百年，身份很低，是个落魄的穷老头，听人说太祖皇帝“当年事业”，真是津津有味。其实，一种自负和自哀相杂、不甘心又无可奈何的情绪全都渗透在里面了。说这诗写得“炉火纯青”，就在笔调轻松自然，只叙事而不着一笔议论，读者已能够感觉到诗里深藏了许多东西。

当然，才俊之士不爱天下太平，也不是好脾气。弄不好，像李白跟了谋反的王爷，还自以为得意，结果倒大霉。最好是社会能够提供公平的竞争机会，让人才都有用武之地，才是上策。

随想诗

徐渭晚年有一类诗，风格颇为特别：这种诗没有严密的结构，看不出着意的剪裁和文辞的修饰，甚至没有特定的中心，就像一个人随便谈天一样，话题毫无目标地转换着。例如有名的《廿八日雪》。

《廿八日雪》之所以有名，倒不是因为上述缘故，而是由于牵涉了明中叶几位著名诗人之间的纠葛。徐渭写了这首诗，自己也就卷进去了。为了读懂这首诗，并了解徐渭的为人，有必要把诗的背景先说清楚：从嘉靖到万历年间，文坛上出现了一个声势最为浩大的文学集团，主要成员有李攀龙、王世贞、谢榛、徐中行、梁有誉、宗臣、吴国伦七人，时人称为“后七子”

（区别于李梦阳、何景明等“前七子”），以李、王为正副盟主。后来谢榛与李、王在文学思想上发生冲突，又夹杂了个人意气之争，遂被他们逐出七子之盟，宣布绝交。在这前后，李攀龙、王世贞在诗文中对谢榛大肆辱骂，言语非常刻薄。比如王世贞这位以才华横溢著称于世的诗人，在他的著名的谈艺之作《艺苑卮言》中，说谢氏的诗“丑俗稚钝，一字不通”，却偏要“高自称许”，骂他“何不以溺自照”，就是俗语中骂人的话：何不撒泡尿照照自己的嘴脸。明代许多文人很任性，涵养不太好，但这样的骂法和他们地位的差别有关：李、王官做得不小，谢榛始终是个布衣。徐渭的《廿八日雪》，作于万历四年（1576），当时他出狱才三年，在南京游玩。那时李攀龙已经死了好几年，王世贞成为文坛宗主，声势极为煊赫。徐渭对官吏欺辱平民的行为极为敏感，对借官势扩大文学影响的做法也十分讨厌，在南京读了李、王他们辱骂谢榛的诗以后，好像是位路见不平的侠客，怒火中烧，就写下了这首诗。

但正像开头所说，这诗并不是围绕一个明确的中心剪裁的，读起来好像是很随便。第一节是：

生平见雪颠不歇，今来见雪愁欲绝。昨朝被失一池绵，连夜足拳三尺铁。杨柳未叶花已飞，造化弄水成冰丝。此物何人不快意，其奈无貂作客儿。

就像对人谈天，先说雪天寒冷，又被人偷去了棉被（诗题下原有小注：时绵被被盗），夜里冻得全身蜷曲，僵硬如铁。又说雪景虽美，犹如杨花飘舞，无奈穷愁客居，也没心思观赏。继而转入第二节：

太学一生索我句，飞书置酒鸡鸣处。天寒地滑鞭者愁，宁知得去不得去？不如着屐向西头，过桥转柱一高楼。华亭有人住其上，我却十日九见投。

这里说有位太学生（大约是南京国子监的学生）请自己作诗，在城中鸡鸣山上设下酒席，投书相招，只是天寒地滑，恐怕去不了，还不如就近去访一位朋友。这位朋友是华亭人（据考，此人系松江画家璩仲玉。华亭为松江古名），自己在南京和他交往最密，十日之中倒有九日相聚。

昨见帙中大可诧，古人绝交宁不罢。谢榛既举为友朋，何事诗中显相骂？乃知朱毂华裾子，鱼肉布衣无顾忌！

“帙”是书的布套，此处代指书。“朱毂”，朱漆车轮；“华裾”，华美的衣衫。“朱毂华裾子”，指贵人。这一节从准备去璩仲玉处，突然想起昨天在他那里读到李攀龙、王世贞他们骂谢榛的诗，觉得大可惊诧：绝交的事情从古就有，但既然交过朋友，为什么要在诗中公然辱骂对方？由此可知，那些身为贵宦的人，把布衣之民视为可以任意宰割的鱼肉，肆无忌惮。这样就把几个著名文士之间的纠葛，引申到一个普遍的社会不平等、平民无尊严的问题上了。于是他又为谢榛担心：

即令此辈忤谢榛，谢榛敢骂此辈未？回首世事发指冠，令我不酒亦不寒。

因为把谢榛遭辱骂视为普遍的社会问题的具体表现，所以就像自己挨了骂一样，非要骂还不可。“谢榛敢骂此辈未”之一问，是把自己也卷到那一场纠葛中去了，显得很激动。由此联想到自己过去与官场中人打交道的经历，所受的欺凌，所见的世道不平，不禁怒发冲冠，怒火中烧。但过一会儿，想想这一切都很无聊，不过是过眼烟云，不足挂意，于是平淡地收束：

须臾念歇无些事，日出冰消雪亦残。

一般七言古诗多用铺排的笔法，不求凝练，但按照通常的诗歌美学，铺排也必须围绕一个中心，从不同侧面或事件的过程来描写。像这样一首诗，从失被、雪寒、赴宴不成一直写到转访老友，倒有一半多的篇幅在说与后半部分无关的琐事，《廿八日雪》的标题也很含糊，这究竟是怎么一回事呢？

其实，仔细地读，可以发现这些内容并不是毫不相干。徐渭读到那些骂谢榛的诗，是“昨见”即二十七日之事，当天他也许已经有所感触，但尚未大动肝火。回家后发现棉被被偷，挨了一夜的冻，冻得他胸中块垒相积，有火无处发。二十八日再去璩仲玉家，途中突然想起“昨见帙中大可诧”，联想到自己穷困潦倒，一腔怒火便发泄出来。但这些只是潜在心理上的联系，作者并不曾有意提炼出什么明确的主题来，根据这一主题再对生活的材料加以斟酌取舍。他只是直接地表现了自己的一次内在心理活动过程，甚至，连这过程中几个环节的相互关系都不加交代。事情是由雪而起，便简单地拿“廿八日雪”做了题目。

通过这一类诗，徐渭尝试了一种不同于前人的文学观念与写作方法。他是把心理、感情的活动作为最根本的真实，而追求直达的表现。这种方法更切近于作者心理和表现对象的复杂性，具有更强的真实感。当然，若要判断《廿八日雪》这种诗是否成功，是否值得给予很高的评价，各人的意见也许不同，但作为一种尝试，总是有意义的。

纵论古史说名分

东汉初年有一位隐士名叫严光，原来与光武帝刘秀是同学。刘秀建立东汉王朝后，派人把严光从他所隐居的齐国（今山东北部）某处大泽中找来，请他做朝中的谏议大夫。严光不肯答应，又跑到浙江一带仍旧当他的隐士去了。至今在桐庐县南的富春江边，仍留有一座严子陵钓台（严光字子陵），据说是他当年钓鱼的地方；台下有专为纪念他的祠堂，也就是本诗要说的“严先生祠”了。

大泽高踪不可寻，古碑祠木自阴阴。长江万里元无尽，白日千年此一临。我已醉中巾屦岸，谁能梦里足长禁？一加帝腹浑闲事，何用傍人说到今。

头两句仿杜甫《蜀相》的首联，意思加以翻新。“大泽高踪”指严光最初隐居于齐国的行迹，“古碑祠木”指严光再度隐居富春江江畔和后人对他的尊崇与怀念。然后转到自己的登临凭吊。“长江”是说富春江，江水滔滔不绝，时光也流淌不尽，隔着千年的历史，自己又来到这里。前四句，以祠堂为中心，将严光一生主要事迹和千古以来对严氏高风亮节的怀想统括在内，笔力显得很雄健。但这还是常见的写法，其作用主要在交代背景和渲染气氛。后四句专论一事，才是重心所在。

严光有一桩著名的传闻：他入京时曾与刘秀共寝，把脚搁在皇帝的肚子上。次日，负责观察天文星象的太史奏告：“客星犯御坐（代表皇帝的星座）甚急。”这事正式载入《后汉书》，表明古人对此是很认真的。它告诉人们：天命所系的皇帝是何等神圣，凡人的脚搁上皇帝的肚子，就在天象上反映出来！但徐渭不仅不相信那个神话，还对人们津津乐道于此提出责疑：我现今喝醉了酒，就已经屡屡“岸巾”（头巾戴不正，露出额头。这是一种率意放任的姿态），谁还能在梦中管住自己的脚？偶然把脚搁在皇帝肚子上，完全是一桩琐碎小事，哪里用得着当作一件大事，从古说到今？

这里，诗人论说古史，首先是从自己说起，等于是说：若换了我，也难免有此一搁。由此将一桩历史故事变成一个与现实相关的问题。末句的责问，更包含了深刻的言外之意：千余年来，人们对这么一件小事说个没完，实在是一种荒谬的心理。这又把问题引申得更远了。

徐渭的思想，有些是相当深刻而尖锐的。他在《论中》一文中说：所谓“圣人”并不是那么几个人，从君主到马医、铁匠，“凡利人者，皆圣人也”。这实际是否定了超于常人的“圣人”的存在。他又在《赠礼师序》一文中说：所谓“君君臣臣父父子子”的美德，只是儒家学说中粗浅的东西。这也是变相的否定。孔子所说“君君臣臣父父子子”，即社会不同等级与不同身份的人，要各守本分、各尽其职的“名分”观念，原本是传统政治制度、伦理道德的基础，徐渭竟也投以蔑视，可以说是很大胆的了。《严先生祠》正是借议论古史批判“名分”观念，表述平等意识，所以这诗才写得如此豪放而英锐。

在徐渭所生存的环境中，公然对现实中的君臣名分问题提出怀疑是危险的，因而他只能用借古讽今的办法。不仅是这首《严先生祠》，在其他许多咏史诗中，都有类似情况。不妨再读一首凭吊伍子胥的《伍公祠》：

吴山东畔伍公祠，野史评多无定时。举族何辜同刈草，后人却苦论鞭尸。退耕始觉投吴早，雪恨终嫌入郢迟。事到此公真不幸，镯镂依旧遇夫差。

伍子胥原是春秋时楚国人。他的父亲伍奢得罪于楚平王，遭灭族之祸，伍子胥只身投奔吴国。他帮阖闾夺得吴国王位，又发展了吴国的军事力量，受到重用。后率军队攻破楚国，开棺鞭笞楚平王尸骨以泄仇恨。最终却被吴王夫差疏远，以致被迫自杀。

徐渭此诗围绕伍子胥复仇和入吴后最终仍遭不幸两件事展开议论，词锋十分犀利。伍子胥复仇一事，在早期似乎并未受到严厉的指责，至少在屈原的作品中还是把他当作正面人物看待的。但随着君主专制的强化，伍子胥的行为越来越受到非议。因为按照严格的“名分”观念，不管君主有什么过错，臣子都不可表示不敬，何况鞭尸？徐渭针对这种意见，把“举族何辜同刈草”与“后人却苦论鞭尸”两桩事实对举，以事实本身揭示后者的荒谬：难道伍氏一族的性命，竟不如楚王的尸骨重要吗？下面他更进一步代伍子胥着想：“雪恨终嫌入郢迟！”意思是：要论报仇雪恨，本该生擒平王才能满足，开棺鞭尸，实在已经太迟了！这一句说得很“辣”。

至于伍子胥投吴，始受任于阖闾，末受害于夫差（“镯镂”即属镂，剑名，夫差以此剑赐伍子胥死），说明为臣不易，无论在楚在吴，终究都是一样，也深含着历史的感叹。

还有好些例子可以作为旁证。譬如关于项羽的诗，徐渭强调他杀死反秦义军名义上的领袖义帝根本不足为过，以此指责项羽是一种酷吏判狱式的做法；关于韩信的诗，又说韩信早该背离刘邦自立等，都表明徐渭在君臣名分问题上的特殊敏感和强烈的批判态度。

怀古、咏史一类诗篇，大多有些议论，做翻案文章也很常见。但是，只有当诗人站在新的高度上，以新的历史意识衡量古人古事时，这种议论、翻案才格外有生气，给人以启发。

节妇的悲哀

从前在中国乡间行走，常常可以看到所谓“贞节牌坊”。那是用来表彰一些女子，或死了丈夫长年不改嫁，或自杀殉葬。由于“贞节”是通行的道德要求，能够立牌坊，必须有特异的事迹。所以说，每一处牌坊下，若不是埋葬了一个活泼泼的生命，至少也埋葬了一个女子数十年的青春。

但是，道德是一股强大的社会力量，足以扭曲和改变正常的人性。在《儒林外史》中，可以看到腐儒王玉辉鼓励女儿殉节，在女儿死后，还“仰天大笑道：‘死得好！死得好！’”真是令人惊心动魄。这毫无夸张，纯是写实。由于“节妇”或“烈女”死后，其家属引为自身的骄傲，便到处请人作诗文表彰，所以在明清文人的文集中，充斥了这类东西。非常奇怪的是，有些思想很激进的文人，譬如明代的祝允明、袁宏道等，一旦写起这样的诗文，竟也是腐气熏天（前面已经举了祝氏一例），真是“入鲍鱼之肆，久而不觉其臭”了。在此种背景下，读到徐渭与众为同的《节妇》诗，颇感难得。虽然，他本身也不能完全摆脱社会道德的约束，诗又是应人请求而作的，在今天看来未必尽如人意，但他立意在表达“节妇”之悲哀，在此类反人性的作品中，已经是极有人情味的了。

缟衣綦履誉乡邻，六十年来老此身。庭畔霜枝徒有夜，镜中云鬓久无春。每因顾影啼成雨，翻为旌门切作颦。百岁双飞原所志，不求国难表忠臣。

这位“节妇”已经守节六十年，大概不满二十岁就开始寡居了。很有可能，她才十五六岁许配过人家却并未成婚，就走上了这条黑暗、漫长的人生之路。六十年来，她身穿丧衣（缟，白色），脚上缚着表示丧居的鞋带，在乡邻中博得贞洁的美名，渐渐成为一个白发苍苍的老妪。“庭畔霜枝”，是以经霜的树木比喻她的德行。但她的无数夜晚，却是白白地、苦苦地挨过。女子乌云一般的头发，是她们博得丈夫欢心的珍贵之物，也是古诗词中经常吟咏赞美的对象，但这位“节妇”却几十年不曾用心打扮它。她的鬓发与一切人生欢乐竟是毫无关系的。

前四句从作者的角度概括，已经写出守节之苦，以及“节妇”对正常生活的向往。后四句以“节妇”的口吻来写，便更多酸楚。她每每看到自己孤独的身影，不禁泪如雨下；抬头望见门楣上表彰自己的贞节匾额（也可指门前的牌坊），尤其愁眉长蹙，心怀痛切。就自己的心愿，原是希望夫妇白头偕老，并不希望像国难时表彰忠臣一样，被表彰做什么“节妇”！至此为止，诗中确实没有反对守节的意思，但诗人也并没有把“贞节”作为一种抽象道德加以夸张渲染，而是以充满同情的笔调写出了“节妇”的痛苦，以及平常的夫妇生活的珍贵，从而引起人们对守节行为的怀疑。

末句的意思，在另一首《读某憨妇吊集》中也有重复：“尔辈借将扶世教，妾心元不愿忠臣。”这里隐藏着一层深意：表彰贞节，既不是“节妇”自身的要求，也不是社会对“节妇”的诚意尊敬，而只是推行教化的手段。也许徐渭没有再进一步考虑下去，但由此引申，却仍旧可以得出如下的结果：“节妇”是被社会制造出来的，倘不是社会的压迫，便不会有如此多的“节妇”；“贞节”的道德，是自身无须“贞节”的男性统治者在“节妇”的痛苦上建立起来的东西。

这些诗出于徐渭笔下，并不是偶然的现象。他的某些文章，曾明确指出，女子本来具有与男子同样的聪明才智，只是由于社会的压制，她们的聪明才智无法发挥。他的戏剧集《四声猿》中，有两个剧本是歌颂女性的：《雌木兰》写木兰从军故事，《女状元》写黄崇嘏的文才。她们两人，身为女子，便只能枯守闺室；扮为男装，顿时石破天惊，轰轰烈烈。剧中宣称：“立地撑天，说什么男子汉！”“世间好事属何人？不在男儿在女子！”这正是体现着新的社会思潮对传统观念的冲击。所以，不少有文化的女性对徐渭的作品特别有好感。明末一位女诗人顾若璞写过一首《沁园春·读四声猿》词，很有气派地说：

须眉汉，就石榴裙底，俯伏何妨？

但是，有一桩徐渭生平中的大事也应该在这里提出来，证明在女性问题上，阴暗的传统道德对他仍有深刻的影响。他在精神病发作时，杀死了继室张氏，原因就是怀疑妻子有外遇。这当然不是一种正常情况，一则徐渭与继室感情不谐；二则他精神病发作时，常有幻觉，会无中生有地看到一些人和物。但不管怎样说，妻子必须对丈夫忠贞不贰的潜意识，在他心中还是埋藏得很深的。人终究是历史的产物，当历史处于变革状态时，人的品格往往会出现矛盾乃至分裂。

多彩多情的世界

徐渭对花卉有特殊的偏爱。他年轻时写过几篇描摹牡丹、荷等花卉的辞赋，刻画得穷形尽态，可知他平时观察花是很仔细，很入迷的。中年屡遭困厄，心情沮丧，诗多抒孤独忧伤之情，却也多次写到因看见花开而生出一份欣喜。如狱中所作《五十生辰》，全篇叹息人生渺茫无着落，结句却是“棘墙新月上梅花”，写月光把梅花的影子投在牢狱的墙上，透出一丝暖意。

作为画家，徐渭最擅长画花卉草木；作为诗人，他咏花卉的诗篇（包括题画诗）也很多，而且优美。他沉迷于自然中花的世界，又在文学艺术中创造了一个花的世界。当然，后者并非对前者的单纯摹写，而是渗透了他自身的趣味和情感，表现出他的性格和审美爱好的各方面。下面选出几首诗来，看诗人怎样根据不同的对象，选择不同的形式和语言来构造形象和抒发情感。

首先看《五月燕京歌》中的一篇。“燕京”即北京，徐渭中年以后多次到过那里。这组诗，以民间“竹枝词”的格调，写京城的风土人情，其中一篇咏石榴：

石榴花开街欲焚，蟠枝屈朵皆崩云。千门万户买不尽，剩与女儿染红裙。

诗中描摹农历五月时，北京街头石榴花开作一片红艳，如炽火如霞云，气氛热烈异常。前两句朴素而爽利，不加雕磨，便写出石榴花最显著的特征。尤其是“蟠枝屈朵皆崩云”，似乎树枝的盘曲、花萼的凹屈，都是为着积蓄力量，最终崩裂开一片红云。这就把静态写成了有力的动态，与石榴花特别强烈的色泽相配合。所以，清人张谦宜《絸斋诗谈》称其“撰句高人数等”。其实后两句也很漂亮。石榴花当然不能做染料，但诗人用民歌中常见的天真稚拙的联想，把女儿家爱穿的“石榴裙”牵带进来，使诗中的形象更加明艳活泼，同时也写出城市生活的特点。

石榴花之美，不在一朵两朵甚至一树两树的姿态，而在于那一片红艳明丽的色泽，在观赏者心中唤起的热烈而活跃的感受。因而诗人借用了民歌体格，以爽朗奔放的语言，大笔渲染，如果换一种形式、语言，效果就不同。至于特别富于力度的表现，那和诗人倔强而豪爽的个性有关。“崩云”一词，徐渭在其他诗中也使用过。

这首《燕京五月歌》，如果笼统分类，也属于七绝。但这种民歌格调，实际与严格意义上的七绝有所不同。严格意义上的、属于文人传统的七绝，一般不是这样爽利，更不是这样写到穷尽无余的地步。读了下面一首《水仙》诗，就可以体会到两者之间的区别：

姊妹商量明月堤，夜妆莫解绿鬟丝。黄陵庙口无多路，去听女郎歌《竹枝》。

它不是直接描摹水仙花，而是用一群姑娘在月下窃窃私语、欲行未行那种轻盈美妙的情态，表现出水仙花微微摇曳、清雅素淡的风姿。或者，反过来说，诗人从水仙的姿态，想象出一幅月下群姝的图画。这就是七绝所要求得的“神韵”，一种言外之味。但如果用这样的韵味去写石榴，恐怕就不见得好。

诗中的“黄陵庙”，是湖南湘阴的一座祭祀舜帝二妃的庙宇。所以“姊妹”也可能就是指二妃的幽魂（她们本来是亲姊妹，尧帝之女）。如果是这样，就更多一层清绝隔俗的意味。

《杜鹃花》却写得艳而凄厉：

烟雨艳阳天，山花发杜鹃。魂愁数叶暗，血渍一丛鲜。正色争炎日，重台沓绛笺。春风几开落，遗恨自年年。

相传杜鹃鸟是古蜀帝杜宇的怨魂所化，每逢暮春，啼哭不休，以至口中流血。诗中暗用此典，以鸟写花。首联起得平稳，写出在烟雨与艳阳时相交替的暮春，杜鹃花烂漫开放于山中的景象。承接二句是令人触目惊心的刻画：杜鹃叶片的暗，像是蜀帝的怨魂；花色的鲜，又像浸渍过怨魂口中的啼血。这种感情因素的加入，使得色泽无论是“暗”还是“鲜”，都变得强烈而富于刺激性。跟着转入开落两方面的概括：开时，鲜丽的朱红色（“正色”）可与炎日争辉，到了飘零之际，就变成绛色，散落在地，如同无人顾问的纸笺。它就这般倔强地开，无可奈何地落，一年复一年，永不罢休地述说自己的怨恨。

这是一首五律。律诗要求用严密的结构、精练的语言，展现一个多层次的内容。尤其五律，更注重语言的简切。徐渭用五律写这首诗，正是为了便于做有力的刻画，创造一个凄艳的美感形象，同时寄托一种尖锐而不乏冷静的人生感受，表现了生命的痛苦、美丽与顽强。

七律的味道同五律也不尽似。虽然每句只多两字，节奏却婉转了许多。所以徐渭写素洁而娇艳的月下梨花，是用了七律的形式。

细蕊繁花带月芳，新妆摇荡宋家墙。银丛泛影通河切，酥的飘辉接梦长。夕鸟几条垂滴滴，春空一片缀苍苍。却嫌曙色催将晓，冷晕微收益渺茫。

首句点明《月下梨花》题意，次句用宋玉自称邻家美女常隔墙窥望他的故事（见于相传为宋玉所作的《登徒子好色赋》），喻梨花之娇姿。以下集中力量，写素色的梨花融入月色所呈现出的晶莹澄澈：成丛的梨花泛漾着银光，似乎在流向渺远的天河；偶尔有一片花瓣落在深闺少女的额上，像是一点“的”（古代女子的妆饰，通常为朱红色），它飘落时闪烁的光辉，也许就进了少女的梦中？被鸟儿所碰撞的枝条上，花儿颤动如将要滴落的水珠；在春日苍茫的夜空上，梨花连缀成一片虚幻的美景。到了天色将晓、月光渐淡的一刻，梨花的色泽似有似无，愈显幽渺。诗中写出了一种不容易表现的美：着色素淡、迹象若虚而情味悠长的娇艳。诗人奇妙的联想，和摇曳曼婉的音调，取得了很大成功。读者也许可以感觉到，在那个流连于梨树下的月夜，他是怎样的心情。

徐渭的一生，潦倒落寞，鲜丽的花卉世界和以此为素材的文艺创作，给予他很大安慰。以至到了七十二岁的暮年，他写《春兴》诗，还说“因思花草犹难辍，却悔从前受一经”。花草永远令他留恋，读经书求功名，却令他懊悔。

塞上和平曲

自有历史记载，直至清人入关，中国北方华夏族与各个游牧民族之间的战争，断断续续打了几千年。横亘万里的长城，成了中国历史的一种象征。

战争的起因至为简单：长城以南是农业区，以北是游牧区，地理、气候的不同造成了生活条件的显著差别。从贫寒地区向富庶地区移入，是人口流动的基本规律。北方游牧民族有了合适机会，总要南下抢掠，甚或索性大批拥入长城以南，在这里定居下来。几千年来，不知有多少种族、多少人口，融入了汉族这个大家庭。习惯上，每个汉族人都喜欢自称是“炎黄子孙”，但这只能从文化传统上说，至于个人血缘，那是没法保证的。谁知道自己的身上有没有流着“胡人”的血液？

自有诗歌，从《诗经·小雅》中那一篇有名的《采薇》，到明亡以后的遗民诗，反映这一种战争以及将士戍边生活的作品，就从未断绝过。所谓“边塞诗”，成了中国古典诗歌的一大流派。这一类诗歌，总是站在本民族立场斥责敌方，宣扬爱国精神。这当然难以避免，也无可非议。但是，如果想到历史原是复杂的过程，游牧民族向农业地区迁徙，原是谋求生存的努力，要说一句善恶是非，至少不是那么简单了。

毕竟，歌颂战争是不得已的，歌颂和平，才是人们心中真正的愿望，历史终究要走向和平。

在明代，蒙古族退出中原以后，在长城以北广大区域分散成许多部落，恢复了半军事化的游牧生活，并经常向南进攻，有时甚至攻到北京郊区。现存的长城，就是明王朝为了防御蒙古铁骑，花费巨大人力物力修复起来的。直到穆宗隆庆四年（1570）以后，由于内阁首辅张居正和几位封疆大吏的努力，才实现了与蒙古部落的和平。从此，蒙、汉两族间再未发生大规模的流血冲突，这对发展蒙、汉人民之间的感情，具有重要的历史意义。

徐渭晚年曾两度北游长城边境：一次在神宗万历四年（1576），应其青年时代朋友、宣府巡抚吴兑之邀，为他做幕僚；

一次在万历八年（1580），应北京附近马水口守将李如松（辽东大将李成梁之子）之邀前往做客。在两次游历中，他写下了《边词》《上谷边词》等数十首边塞诗，描述长期战争之后的和平景象，下面选出几首来欣赏：

十八盘山北去赊，顺川流水落南涯。真凭一堵边墙土，画断乾坤作两家。(《边词》之五）

这是面对长城而发的感慨。十八盘山远远向北延伸，山谷中的流水却向南奔泻，可见自然原是浑然一体的，只是人为的“边墙”，把世界分割成绝不相通的两块地域。其实，徐渭的时代，长城已经开始失去它作为边防工事的作用，在今天更只是一个历史的遗迹。但是，类似的现象，却是从古到今始终存在的。徐渭就眼前景象随意抒写，却给读者以很深的感想。

沙门有姊陷胡娃，马市新开喜到家。哭向南坡氈帐里，领将儿女拜袈裟。(《边词》之十二）

这是一幅亦喜亦悲的场面。一位和尚（“沙门”）的姊姊做了蒙古人的胜利品，成为一位“胡娃”之妻。如今，“马市”（蒙古人用马向汉人交换其他商品的边境贸易。允许开马市即意味双方实现和平）新开，和尚也有机会去探望姊姊了。在蒙古包中，姊姊领着她那一群混血儿女，痛哭着向和尚舅舅行叩礼，这景象真是难以言说。现在中国境内的各民族中，汉、蒙之间通婚最为普遍，习俗上的障碍也最少，这与通婚历史较长是有关系的。但最初的通婚，大概多是本诗中所写和尚的姊姊那样的情况。

八里庄儿一堡中，银镮小杏坠腮红。妆成自不撩人看，起莝黄刍喂铁骢。（《边词》之十二）

“八里庄”是个地名。徐渭在那里见了一位蒙古族少女，耳上戴着银镮，镮上又荡着一枚小小的杏状饰物，在她红红的腮边晃来晃去，煞是可爱。这少女却不似江南姑娘，喜欢引人注意，她只是自顾自打扮，完了自顾自喂她的大马。蒙古族号称“马背上的民族”，马是他们的宠物。美丽的少女喂养雄壮的“铁骢”，既是边地特有的风情，从画面来看，又是一种奇妙的相互衬托：马因人而更显雄壮，人因马而更觉娇艳。在这里，可以看到诗人对蒙古人民的美好感情。另一首《上谷边词》之七，写蒙古族少年的英武，也是同样情调：

胡儿处处路边逢，别有姿颜似慕容。乞得杏仁诸妹食，射穿杨叶一翎风。

“别有姿颜似慕容”，说蒙古人长相与汉人相异，颇似史书上所说的慕容鲜卑（有趣的是，慕容鲜卑早已汉化，只留下“慕容”这个姓氏；今日蒙古族人的长相，与汉族人的差别也已不很明显了）。诗中的少年，能一箭射穿杨树叶，若作为敌人看，那是很可怕的；作为朋友，他一会儿跟人讨杏仁给妹子吃，一会儿演弄武艺，却是可爱得很。

《边词》中还有六首专写三娘子。她是最强大的蒙古俺答部落首领俺答晚年所娶的小夫人，因美貌而得宠爱。三娘子渴慕内地文化，力主和平，在俺答死后，对维护和平局面起了重大作用。她常到吴兑军中来，吴兑待她如女儿一般，徐渭也因而有机会写下她的英姿：

汉军争看绣裲裆，十万弯弧一女郎。唤起木兰亲与较，看他用箭是谁长？（《边词》之十三）

当这位三娘子身穿绣花背心来到明朝军营时，将士们纷纷围观，谁都想看看这位率领十万大军的女郎。诗人也不禁想：

传说中的木兰姑娘，跟她比武，结果将会如何？言下也多有赞美的意味。

在本文中，选录了比较多的诗作，一则多选些才能看到徐渭所写到的各方面情况，二则这些作品在边塞诗史上确是少见。在传统的边塞诗中，看惯了逐敌千里、立功塞外的豪情，久戍不归、马革裹尸的忧伤和酷烈，再来读这样的诗歌，顿时会有完全不同的感受。也许，描写和平景象，不像歌颂战争那样紧张有力、激动人心，但是徐渭这些诗作，用笔随意而老练，充满人情味，却是同样惹人喜爱。

酒与诗画

酒是奇妙的东西。最初，先民大概是从水果自然发酵而成的液体中，发现了它的妙处，然后学会了制作。近年在考古发掘中，居然还找到了数千年以前的酒液。它的历史，差不多跟中国的文明一样古老。尽管中外都有禁酒的事例，但要完全禁绝，恐怕谁也做不到。人类为了组成一个社会，不得不设立许多规制，因而在日常生活中，总是有所拘谨，有所防范。然而，一杯在手，胸襟渐开，人们就变得热情奔放，豪气倍增。若不是一连喝了十来碗好酒，武松岂敢过景阳岗？更奇妙的是，酒能催发人们平日被关闭着的想象力和创造力，所以诗人、艺术家，总是和酒特别有缘分。

中国第一位以喝酒著称的诗人，该数魏晋之际的阮籍。按照史书和笔记小说的记载，他是常常沉醉在酒中的，最高纪录，是一连醉了近六十天。但他的诗中，却从来不说酒，而是表述清醒而深刻的哲理居多，可见他写诗时大约是不喝酒的。所以阮籍只能算一个能喝酒的诗人，而不是酒醉中的诗人。接下来要算东晋末年的陶渊明了。如果说阮籍喝酒，是求得麻醉，以忘却人生的痛苦，则陶渊明喝酒，已经是在追求一种人生的妙境：忘怀物我，超越人间的是非，归于自然，归于纯真。所以，他的诗就大量地说酒，描绘醉中的情趣。鼎鼎大名的《饮酒》之五："采菊东篱下，悠然见南山"，可不是有些微醺？不过，若仔细读他的诗，会发现他总是"醉后说醉"，用清醒的态度，去分析醉中状态带来的人生启示，如《连雨独饮》的一节：

试酌百情远，重觞忽忘天。天岂玄此哉？任真无所先。云鹤有奇翼，八表须臾还。

这是说：才喝不多，就觉得日常的忧恼都已邈远；再饮几杯，就忘了与人相隔的"天"的存在。但"天"并非离我而去，因为"天"就是"自然"，就是"真"。在醉中方能任由真情，这才是与"天"合一的唯一途径。此时就像骑上了传说中仙人的凌云之鹤，片刻间游遍了天地八方。这实在不是醉人说的话，所以陶渊明该算是醉后的诗人。

至今乡间的酒肆，犹有高悬“太白遗风”旗帜的，这里当然不能漏了李太白。他贪酒是不用说了，“百年三万六千日，一日须倾三百杯”，就是打九折，也还是个杜甫说的“酒中仙”。诗中写酒，照王安石挖苦他的话，十首中倒有九首，但真正构成“太白风”的，一是他常在醉中或至少是酒兴方浓的时候写诗，二是他专爱写酒中豪放不可羁勒的狂态。“但使主人能醉客，不知何处是他乡”“我醉欲眠君且去，明朝有意抱琴来”，还有那著名的《将进酒》：

君不见黄河之水天上来，奔流到海不复回。君不见高堂明镜悲白发，朝如青丝暮成雪。人生得意须尽欢，莫使金樽空对月……

这里可不是能嗅出酒气来？所以，李白才是中国真正的酒中诗神，或诗中酒神。

徐渭生性豪放，诗也受过李白的影响，常爱写酒中的狂放之态。他的老朋友沈炼被权相严嵩害死，十年后才得昭雪，徐渭参与为沈炼校定文集之事，写下这一首《校沈青霞先生集醉

中作》:

曩昔曾蒙国士待，今朝幸校先生文。纵令潦倒扶红袖，不觉悲歌崩白云!

这时徐渭正值精神非常痛苦的时期，不久前刚自杀过，所以从朋友的不幸联想到人世的艰辛，不禁狂歌当哭。

不过，这里主要想介绍他的《又图卉应史甥之索》。“图卉”，画花卉。“史甥”即史槃，是他的晚辈亲戚，又是他的门生和崇拜者，也是一位有成就的画家和戏曲家。徐渭晚年厌于交游，平时来往的主要是一群门生、晚辈。他爱喝酒，又特别嗜好河蟹，只是不太买得起。他的门生常送这些好东西来，骗他高兴，趁机讨他的书画。徐渭喝得兴起，便狂涂一气，掷笔而成。这首诗大概是绘完后题在画上的:

陈家豆酒名天下，朱家之酒亦其亚。史甥亲挈八升来，如椽大卷令吾画。小白连浮三十杯，指尖浩气响成雷。惊花蛰草开愁晚，何用三郎羯鼓催?羯鼓催，笔兔瘦，蟹螯百双，羊肉一肘，陈家之酒更二斗，吟伊吾，进厥口，为侬更作狮子吼!

前面说过，徐渭的有些画作，水墨淋漓，线条纵恣，有不可一世的气概，却又常出人意料地点染得恰到好处，令人称绝。清人彭绍昇在《二林居士集・徐文长画卷》的跋中说是像海市蜃楼，又像是仙人随手幻化，“不思议中天然涌现，初非人力能到”。这恐怕有两方面原因：一则徐渭的精神病从未彻底痊愈过，他是一个内在冲动十分强烈的人（天才往往离精神病不远）。荷兰的伟大画家凡・高也是个精神病患者，他的作品同样以色彩和线条具有惊世骇俗的大胆与自我表现的特点著称，与徐渭的情况颇相似。二则徐渭的大幅作品，常常是在酒醉状态中完成的，是活跃的潜意识支配下的产物。诗中“小白连浮三十杯（古人称饮酒为‘浮白’），指尖浩气响成雷”，就写出了那种不受意志力控制的内在冲动。这样的画法，小幅当然是不行的，只有用“如椽大卷”才能尽兴。

其实，诗、画都是作者人格的外现，两者是相通的。这首诗写自己作画的情态，对自我的艺术创造力的自信与骄傲，也就很好地描绘出一个天才艺术家的形象与个性。诗的语言也是肆放无拘，自然天成，散发着醉中豪兴。据说唐玄宗（排行第三，故诗中称他“三郎”）曾在宫中击羯鼓，花柳为之开放，这就是“羯鼓催花”的故事。诗人说，自己酒兴正浓，指尖如有春雷轰鸣，将巧夺天工，使艺术的花朵在纸上连片舒放，何用三郎羯鼓？下面再以急促的节奏，写一阵饕餮，一阵豪饮，便以笔为口，迸发出惊天动地的佛家狮子吼声（佛家谓如来讲经，如狮子吼，声震世界）！大画家不可一世之气，便跃然纸上。

老来慕童真

“风鸢”就是风筝。徐渭七十多岁时，画过几十幅小孩放风筝的图画，用来卖钱糊口。卖画是论尺寸的，郑板桥卖书画的告示《板桥润格》就标明：“大幅六两，中幅四两，小幅二两。”又附打油诗一首，有云：“画竹多于买竹钱，纸高六尺价三千。”画放风筝，极易画长，一根线往天上一拉，上头是风筝，下头是小孩，便成了中幅、大幅。徐渭有没有存这种滑头心思，现在难以判断，只是他留下的近三十首《题风鸢图》诗，无论写孩童还是写自己，都很真实。

最早专写儿童生活的诗，是西晋左思的《娇女诗》。左思这人不怎么可爱，到京城求富贵，遭人冷落，却在《咏史》诗里穷说大话。但他的《娇女诗》实是不错，那两个娇憨女儿，小的六七岁，大的十岁光景，贪吃，贪玩，好打扮，不肯读书，却爱卖弄，写得活灵活现。这种诗并不是写给小孩读的，是成年人自己从孩童身上触起的一种追忆和感想。人都要长大，长大了得到不少东西，又失去许多东西，尤其是那一份无忧无虑、天真烂漫的童心。因为不好明说，便借了写孩童来抒发。

唐诗中这类作品不多。李商隐有一首《骄儿》，是套用《娇女诗》的格局。他过分夸耀自己儿子聪慧超人，前途无量，又说了不少大道理，丧失了诗的味道。况且他那儿子也未见有甚出息。宋代诗词中，记述日常生活的成分显著增加，涉及儿童的作品也相应多起来，且趣味正是在童心的可羡。如杨万里《闲居初夏午睡起》绝句：

梅子留酸软齿牙，芭蕉分绿与窗纱。日长睡起无情思，闲看儿童捉柳花。

辛弃疾有《清平乐・村居》词：

茅檐低小，溪上青青草。醉里吴音相媚好。白发谁家翁媪。　大儿锄豆溪东，中儿正织鸡笼。最喜小儿无赖，溪头卧剥莲蓬。

这两篇虽不是专写儿童的，但都是拿儿童的顽皮天真做点睛之笔。那个捉柳花的孩子，那个卧在溪头剥莲子吃的小无赖，给杨万里、辛弃疾带来许多生活的趣味。其实，他们也想那么干呢！

只是，一口气作几十首诗，写小孩放风筝或玩其他的什么东西，例子就不好找了。自然，这跟徐渭画《风鸢图》卖钱直接相关，但也不完全出于此。要知“童心”二字，明朝人是用来做大文章的。李贽的《童心说》，就是把“童心”扩大为人的自然之性、真实之心，以此反对一切固陋的成见和虚假的道德，实际是借标榜“童心”鼓吹人性解放。徐渭也指责当代社会充满虚饰：“天下之事，其在今日，无不伪也。”他晚年讨厌同俗人打交道，有时不愿见来访者，竟顶着门大叫：“徐渭不在！”所以，画风鸢图，题诗，就像李贽评《水浒》，特别赞赏毫无心机的黑旋风李逵，也是作者人生意识的寄托。如果说这世界充满虚伪，至少孩子是真实的。这背景要比前人写同类诗的心理更复杂了。

从诗本身来看，《题风鸢图》都是率意之作，徐渭自称是“张打油叫街语”。但即使是信口而成，也不乏火候老到之妙，更有许多天趣灿发、令人会心一笑的地方。只是有些当时的俗语，现在已不易领会了。下面就选几首比较明白的来读：

春风语燕泼堤翻，晚笛归牛稳背眠。此际不偷慈母线，明朝辜负放鸢天。

春风正紧，燕儿鸣叫着在河堤上下迅急地翻飞，那放牛娃稳稳躺在牛背上，吹着笛子回家，这是可见的场景。他心中算计要偷母亲的线，明日好放风筝，这是从虚处推出一层。虚实相映，内容显得丰富。此刻想来，慈母之重要，就在有线可偷吧？

偷放风鸢不在家，先生差伴没处拿。有人指点春郊外，雪下红衫便是他。

这位是放风筝的激进派，春雪未融，便逃学去玩了。从先生查问、派人捉拿，到有人指点郊外人影，构成短小的情节，因而四句间一气贯通，活泼灵动。“雪下红衫”，色彩衬托得分外鲜明。

新生犊子鼻如油，有索难穿百自由。才见春郊鸢事歇，又搓弹子打黄头。

“黄头”不知是什么鸟儿。这首透过放风筝一事，写小孩百般淘气，顽皮无止休。“穿牛鼻子”，是乡间比喻管束顽童的俗语。这一位却是穿不住的，总是自由自在。可惜总要长大，总有一天要被穿住牛鼻子，老老实实耕田。

我亦曾经放鹞嬉，今来不道老如斯。那能更驻游春马，闲看儿童断线时。

看人放风筝断了线，最觉得快活，这是儿童恶作剧天性的表现。作者年逾古稀，也以此为乐，可见童心未泯。自然，如果不懂得这种快乐，也就不必看人放风筝了。

风吹鸢线搅成团，挂在梨花带燕还。此日儿郎浑已尽，记来嘉靖八年间。

这一首味道跟其他的不一样。前两句写一群孩子因风筝被挂，一路伴同燕儿回家，场面生动，如在眼前。下面才说那